넌, 생생한
거짓말이야———。

나의
공황장애
분투기

오재형 글/그림

이상
북스

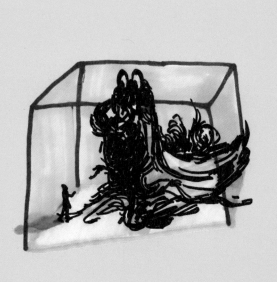

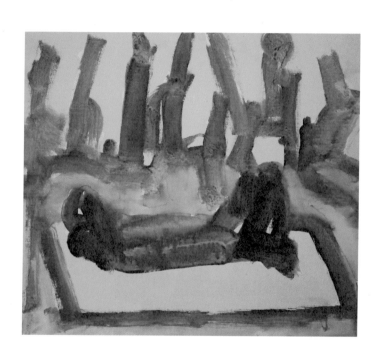

최근 심한 감기몸살을 앓았다. 늘어진 오징어마냥 이
불을 뒤집어쓰고 종일 비실거렸다. 이러다 말겠지,라는 나
태한 예상은 늘 빗나간다. 이틀이 지나고 사흘을 넘겨도 나
아질 기미가 보이지 않자 불안해졌다. 고통스러웠다. 당장
약국으로 달려가 약을 짓고 편의점에 들러 종류별로 죽을
몇 개 샀다. 괜스레 휴대폰으로 내 증상에 대해 검색을 해
보고, 이 상황에서 좋은 것과 나쁜 것을 구별해 냈다. 아침
마다 사우나에 가서 오한이 드는 몸을 녹이고 푹 쉬는 걸로
는 모자라 푸우우우우욱 쉬었더니 어느새 나았다.

한숨 돌릴 수 있게 되자 발병 원인을 추적해 본다. 그

누구보다 건강한 생활 습관을 유지해 오던 나였다. 지난 1년간 대체로 고기보다는 풀을 뜯었고, 라면보다는 과일을 삼켰으며, 정해진 시간에 취침하고 기상했다. 매일 유산소 운동과 근력운동을 했고 주말에는 수영을 다녔다. 납득되지 않았다. 그러나 원인 없는 결과가 어디 있으랴? 감기를 앓았던 시점을 기준으로 타임라인을 재구성해 본다. 지난주에 이틀 연속 술을 마셨던 것이 원인일까? 환절기에 멋을 부리려 입었던 얇은 재킷 탓일까? 아니면 중학생 때부터 내가 몸 어딘가 좋지 않다고 토로하면 늘 되돌아오던 엄마의 진단, "네가 컴퓨터를 많이 해서 그래!"일까? 그래, 그것도 가능성의 테두리 안에 넣어 볼… 아니야 그건 확실히 원인이 아니야.

아무튼 우리는 감기만 걸려도 이런 일들을 한다. 원인을 추적하는 동시에 현재의 고통에서 벗어나기 위해 필사의 노력을 기울인다. 그러나 감기가 좀 길어진다고 해서 '오! 신이시여! 왜 제게 감기라는 시련을 주셨습니까?' 하며 대성통곡하지는 않는다. 잠시 머물다 지나갈 고통이라는 것을 알기 때문이다. 문제는 더 큰 고통이 찾아왔을 때다.

약국에서 약을 짓고 죽을 몇 번 먹는 것으로는 도무지 끝나지 않을 크기의 원인 모를 고통이 찾아온다면, 어떻게 대처해야 할 것인가? 이 책은 그것에 관한 내용이다.

몇 년 전 나는 공황장애에 걸렸다. 주로 연예인들이 걸린다는 그 병이 내게도 찾아온 것이다. 정신병자로서의 삶이 그렇게 시작됐다. 호흡이 곤란해지고, 자주 정신이 몽롱해졌으며, 가만히 있어도 마치 롤러코스터에 앉아 영혼이 송두리째 털리는 것 같은 상황에 자주 놓였다. '멘붕'에 빠졌다. 스트레스가 원인이라는 세간의 게으른 진단에는 도저히 수긍할 수 없었다. 몸부림을 쳤다. 내가 할 수 있는 것을 다 했다. 정신과를 방문하고 한의원을 찾았다. 무속인도 만나고 북한산 꼭대기에 올라 산신령에게 절도 했다. 공황장애에 걸린 친구와 부산까지 자전거 국토 종주를 했다. 한편 예술가로서의 내 직업을 치유의 방편으로 적극 활용했다. 글을 쓰고 그림을 그렸다. 공황장애에 관한 단편영화도 만들었다.

무엇이 원인인지 정확히 몰랐던 것과 마찬가지로 무엇이 이 병을 낫게 해줬는지는 아직도 모른다. 순전히 운이 좋았을 수도 있다. 전 존재를 집어삼키는 강도의 고통이란 스스로의 의지와 노력만으로는 해결되지 않기 때문이다. 공황장애를 어떻게 극복했느냐는 물음에 나는 아직도 대답을 할 수 없다. 나는 모른다.

물론 알게 된 것도 있다. 바깥으로 표현하지 않는 고통은 결국 눈덩이처럼 불어난다는 사실이다. 가장 고통스러운 순간에 나는 글을 썼다. 썼던 글을 다듬고 고쳐서 더 좋은 문장으로 만들기 위해 노력했다. 형체 없이 내면에서 떠도는 고통을 밖으로 꺼내어 정확한 문장으로 번역하는 행위에서 일련의 쾌감을 느꼈다. 적어도 심리적인 부분에서 많은 위안을 받았다. 병을 이겨 낼 수 있게 응원해 주고 밥을 해 주신 엄마에게 무한하게 감사하다. 또 이 책이 출간될 수 있게 출판사에 소개해 준 강정마을 친구 반디에게도 고마움을 전한다. 무엇보다, 이 기록이 비슷한 증상을 겪고 있는 사람들에게 심적인 위로가 되면 좋겠다.

오재형

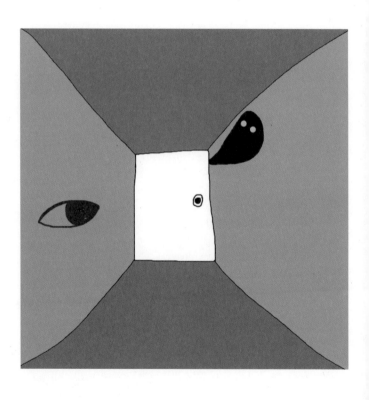

차 례

01 ··· 그놈이 왔다

일요일 오후였다. 아니 화요일 저녁이었을까. 아무래도 상관없다. 그냥 특별할 것 없는 어느 날이었다. 나는 경인고속도로를 100킬로미터의 속도로 운전하고 있었고, 옆자리에는 당시 여자친구가 타고 있었다. 2주 전부터 호흡이 좀 이상하다 싶었지만 대수롭지 않게 넘겼다. 톨게이트를 지나자 심상치 않은 느낌이 들었다. 호흡은 점점 가빠졌다. 눈을 질끈 감았다 떠 보기도 했지만 소용없었다. 창문을 열고 바람을 맞아도 마찬가지였다. 숨 쉬는 게 어려워질수록 연거푸 더 깊은 숨을 들여 마셨다. 곧 쓰러질지도 모른다는 강력하고도 불길한 예감이 날 덮쳐왔다.

그 순간이었다. 내 몸으로 뭔가가 통째로 들어왔다. 쓰러지지 않을 정도의 발작이 일어났다.

　　급히 갓길에 차를 댔다. 휴대폰을 꺼내 119를 부르자마자 의자를 뒤로 젖히고 상의의 단추를 뜯었다. 정신이 몽롱해지고 있었다. 일단은 고속도로에서 죽지 않은 게 다행이었다. 구급차에 누워 여자친구와 천장을 바라보며 온갖 생각을 떠올렸다. 지금 내게 무슨 일이 일어나고 있는 것일까.

　　응급실에 도착할 때까지 나는 뇌졸중을 의심했다. 불과 몇 년 전에 엄마가 집에서 갑자기 쓰러졌고, 내가 차를 몰고 응급실로 모셔 갔으며, 진단 결과 뇌출혈로 판정이 났던 기억이 떠올랐기 때문이다. 그날을 기점으로 엄마의 삶은 달라졌다. 몸 오른쪽의 모든 감각이 마비되는 증상이 찾아왔다. 엄마는 오른손으로 밥을 먹을 수 없는 것은 물론이고 말도 제대로 못했으며 화장실도 혼자 힘으로 갈 수 없었다. 현재 엄마는 기적적으로 몸의 90퍼센트를 회복한 상태이지만, 이런 상황에 처했던 사람들은 대부분 죽거나 나머지 삶을 반신마비가 된 상태에서 살아간다.

그 시기에 나는 매일같이 엄마가 입원한 재활병원에 드나들며 엄마와 비슷한 증상의 환자들을 구경했다. 대부분이 노인이었지만 내 또래, 심지어 나보다 어린 친구들이 휠체어를 타고 다니는 모습도 목격했다. 나도 이제 그 병원 풍경의 일부가 되는 것일까? 뇌졸중은 가족력인 걸까? 나도 이제 평생을 장애인으로 살거나 이대로 몸이 더 나빠져 죽지 않기만을 바라야 하는 걸까? 내 몸에 대해 한 치의 확신도 할 수 없는 상태에서 지옥 같은 상상이 나를 괴롭혔다.

웬걸. 응급실에서 몇 가지 검사한 결과 몸에는 아무 이상이 없는 것으로 나타났다. 휴. 일단은 다행. 그러면 무엇이었을까? 분명 뭔가가 내 몸을 관통했는데? 숙취가 있는 것처럼 정신이 약간 몽롱했지만 나는 병원을 나와 집으로 향했다.

길 가다가 재수 없게 돌에 걸려 넘어진 것처럼 어떤 날의 단순한 해프닝이기만을 바랐던 내 생각은 완벽히 빗나갔다. 호흡이 어려운 증상은 지속되었으며 그날 이후 매일매일 듣도 보도 못했던 새로운 증상이 내 몸을 시험했다. 자주 심장 밑에서 뭔가가 철컹거렸고, 뒷골이 당기고, 시야가 흐려졌다. 무엇보다 괴로웠던 것은 1초 후의 내 몸의 상태를 확신할 수 없는 극도의 불안과 공포 상태가 엄습해 올 때였다.

나는 응급실에서의 검사 결과를 신뢰할 수 없게 되었다. 며칠 후 나는 다시 구급차 안에서 천장을 바라보게 되었고, 더 큰 병원에서 검사를 받았다. 결과는 같았다. 이상 없음. 아니, 장난하나. 정밀 검사를 받고 싶었지만 예약이 밀려 3개월 넘게 기다려야 한다는 이야기를 들었다. 3개월.

선생님, 아이고 선생님, 방금 3개월이라고 하셨나요. 저는 지금 3분 아니 3초도 기다릴 수 없는 상태입니다. 나 죽어요. 제게 3개월은 죽으라고 하는 소리나 마찬가지예요. 당장 제 심장과 뇌를 샅샅이 뒤져 원인을 찾아내야 한단 말입니다. 숨이 안 쉬어지는 사람이 어떻게 3개월을 기다려요. '빽' 없는 사람은 이렇게 죽어야만 하는 건가요? 혹시 뒷돈이 필요한 건가요? 제시하시는 금액을 평생에 걸쳐라도 마련할 터이니 지금 당장 검사해 주세요. 제발요!

내가 주인공으로 출연하는 드라마였다면 이렇게 드라마틱하게 외쳤을 것이다.

현실은 달랐다. 아무 말도 나오지 않았다. 아무 생각도 들지 않았다. '네'라는 외마디 말만 속으로 삼키고 멍하니 잠시 의자에 앉아 있다가 눈을 한 번 끔뻑거렸다. 그리고 느릿한 걸음으로 병원을 빠져나왔다. 햇볕은 따가웠고 나는 뭔가 잘못됐다.

집으로 돌아온 나는 한동안 밖으로 나오지 못했다. 나는 또 며칠 동안 알 수 없는 증상들을 견뎌야 했다. 그러다가, 드디어 내 안으로 들어온 범인을 발견했다. '그놈'이었다. 이제 의사는 필요 없었다.

02 ⟶ 원인 없는 세계에서

나는 진행하던 모든 작업을 중단하고 방 안에서 며칠째 누워 있다,라고 첫 문장을 적고 보니 평소 열정적으로 작업하는 성실한 예술가상이 떠올라 문장을 정정한다. 나는 창작을 한답시고 매일 작업실 바닥에 누워 있곤 했는데, 이제 마땅한 핑곗거리가 생겨 더욱 격렬하고도 공식적으로 바닥에 누워 지낸다.

호흡 곤란, 비현실감, 뒷골 당김, 가끔 마비 증상과 함께 심장이 자주 철렁거렸다. 다시 말하지만 이전에는 한 번도 체험하지 못했던 증상이고, 이런 내 상태를 어떻게 대해야 할지 가족들도 매우 당황스러워했다.

이제 내 앞에는 두 갈래의 길이 있다. 나와 같은 상황에 처한 수많은 사람들이 이 갈림길에 섰을 것이다.

왼쪽 길은 끝없는 의심의 왕국으로 가는 길이다. 몸으로 느끼는 증상이 너무나 생생한 것이어서 병원에서 결국 발견할 수밖에 없는 물리적 실체가 있다고 철석같이 믿는 사람들이 이 길을 택한다. 그러나 신체 감각은 얼마나 생생하면서도 동시에 믿을 만한 것이 못 되는가.

올리버 색스의 책을 보면 팔이 절단된 사람이 손끝의 고통을 호소하지 않던가. 아무튼, 그들은 원인을 발견해 줄 의사를 찾아 '병원 쇼핑'을 시작한다. 당연히 어디에서도 관찰 가능한 몸의 이상은 발견되지 않는다.

다른 가능성을 찾아보는 대신에 그들은 마지막 결론을 내린다. 나는 희귀병에 걸렸어. 그리고 다시 갈림길이 시작하는 지점으로 돌아오기까지 많은 세월이 걸린다. 그러고도 오른쪽 길로 진입하길 주저한다. 자존심이 허락하지 않기 때문이다.

다행히 나는 곧바로 오른쪽 길로 달려갔다. 확신이 있어서가 아니라 순간의 직감이었다. 그래서 많은 시간을 낭비하지 않아도 되었다. 어쨌든 이제 인정할 수밖에 없다.

나는 공황장애 환자다. 세상에! 다시 한 번 되뇐다. 나는 공황장애 환자다. 나는 정신병 환자다. 나는 정신병자다. 으웨웨웨훼훼훵! 무섭지?

인간이란 인과 없는 세계에서도 꼭 이유를 찾아내고야 마는 존재다. 우주의 탄생조차 신의 의도로 보는 것처럼 모든 것에 의미를 부여한다. 그러나 해석과 실체에는 커다란 간극이 있다. 대부분의 현상은 '그냥' 존재하기도 한다.

나는 왜 공황장애에 걸렸을까? 누군가는 말한다. 요즘 니가 너무 스트레스를 많이 받아서 그래. 그런가? 내가 스트레스가 많았나? 아니 근데 (나 정도의) 스트레스 없는 사람이 세상에 어딨어? 이 정도면 과분할 정도로 감사한 환경에서 특별한 고민 없이 베짱이처럼 지내고 있는 건데. 이런 내가 스트레스로 공황장애에 걸릴 정도면, 오전 8시 반 지옥철에 순대 알맹이처럼 끼어 있는 출근길 모든 현대인들은 5분에 한 번씩 공황 발작을 일으켜야 하는 것 아닌가?

그러면 또 이렇게 말한다. 네가 모르는 무의식 속의 스트레스가 널 괴롭혔던 거야. 아니, 내가 나를 모르는데 너는 나를 알겠느냐? 다시 한 번 말하지만, 스트레스에 시달리는 모든 사람이 공황장애에 걸리지는 않는다. 반대로 나 같은 천하태평 베짱이도 '주제넘게' 공황장애에 걸리기도 한다. 인정하긴 싫겠지만, 이 병은 증상은 존재해도 '그럴 만한' 원인은 어디에도 없다. (있으면 말해 달라! 스트레스 말고.)

곧 죽어 버릴 것 같은 극도의 불안과 공포의 시간을 견뎌 낸 후 나는 밤을 새고 컴퓨터 앞에 앉았다. 그리고 내 안으로 들어온 '이 놈'을 앞으로 어떻게 대해야 할지 생각했다.

앞으로가 중요하다. 원인이 무엇이든 이제 일어난 일을 되돌릴 순 없다. 대책위가 있어야 한다. 나는 블로그에 '공황장애' 카테고리를 전체 공개로 개설했다.

이제부터 모든 증상을 기록할 것이다. 기록은 내 전문이다. 지난 10년간 내 모든 생각과 작업을 블로그에 기록해 오지 않았던가. 공황장애라고 예외가 될 순 없다. 나는 공황장애를 정면으로 마주할 것이고, 수단과 방법을 가리지 않고 극복할 것이다.

　단순한 기록으로만 그치지도 않을 것이다. 공황장애는 내 그림과 글쓰기 작업의 일부가 될 것이다. 작가가 공황장애를 맞이하는 방식을 보여 주겠다. 적극적으로! 그리고 예술적으로!

03 ⟶ 나는 왜 이렇게 되었을까 :

우리가 불안이나 공포를 느끼는 근본적인 이유는 그 대상을 '온전히 파악할 수 없음'에서 기인한다. 단지 분위기와 소리만으로 관객의 심연의 공포까지 찌르는 동양의 공포 영화가 좀비를 떼거지로 출현시켜 피가 솟구치는 서양의 공포물보다 더 무서운 까닭이다.

공황장애가 두려운 것도 마찬가지다. 공황장애는 파악 가능한 실체가 존재하지 않는다. 차라리 심장이나 폐의 어느 부위에 상처가 약간 생겼다든지 골절로 깁스를 하는 것이라면 그게 백만 배는 나을 것이다. 공황장애는 실체 없는 상대 앞에서 제대로 주먹 한번 날리지 못하는 숙주를 매번 KO시키는 병이다.

앞으로 나는 이렇듯 실체 없는 두려움을 구체적인 형상으로 그려 내는 훈련을 할 것이다. 공황장애에 하나의 인격을 부여하고 내가 그려 내는 형상 속에 매번 가둘 것이다. 때문에 '너'는 예고 없이 나를 찾았다가 떠날 수는 있을지언정 '너'는 무한하거나 전지전능한 존재가 아니라는 점을 똑똑히 각인시켜 줄 것이다. 너는 이렇게도 생길 수 있고 저렇게도 생길 수 있지만 언제나 구체적 형상으로서만 존재하게 될 것이다.

공황장애라고 꼭 무시무시한 캐릭터가 될 필요는 없다. 차라리 나는 너를 가끔 귀엽게 그려 버릴 것이다. 내게 아무리 고통을 퍼부어 준다고 해도, 그때마다 나는 네 형상을 떠올리며 그릴 상상을 할 것이다.

오늘은 태어나서 처음으로 정신과에 갔다. 엄마도 놀랐는지 여기저기 수소문한 끝에 지인의 추천을 받아 병원을 소개했다. 대기실에는 사람들이 꽤 앉아 있었다. 내 이름이 불리기 전까지 곁눈으로 그들을 살폈다. 정신과라는 공간이 주는 편견이 내 시선에 작용했는지는 몰라도 다들 비실비실해 보였고 초점 없는 눈빛으로 허공을 응시하고 있었다.

저러다 좀비가 되는 것일까? 얼마나 오래 다닌 사람들일까? 내 표정도 썩 좋진 않았겠지만 그들과 분명한 선긋기를 하고 싶었다.

나는 당신들과 달리 '잠시' 여기 온 '방문자'일 뿐이야. 오래 다닐 생각 없어. 이렇게 칙칙한 분위기와 나는 어울리지 않은 사람이거든. 그런데, 너도 숨을 못 쉬니?

대기실 환자들은 서로의 존재를 느끼며 모두 나와 같은 생각을 했을 것이다.

두 가지 검사를 했다. 하나는 설문조사처럼 여러 질문에 숫자로 답하는 식이었다. 예컨대 '방 안에 있을 때 갑자기 답답하거나 괴로운 느낌이 듭니까?'에 10을 체크하면 굉장히 심한 것이다. 50문항 정도 되었을까. 하나하나 체크하면서도 나는 고개를 갸웃거렸다.

환자 본인의 주관적 느낌을 확인하는 것이 치료의 근거가 될 수 있을까? 뭔가 객관적인 검사가 있어야 하는 것 아닐까? 페이퍼를 제출하며 의심의 눈초리를 유지하던 나를 안심시키기라도 하듯 간호사는 나를 어떤 방으로 안내

했다. 영화에 가끔 등장하는 전기충격 고문 기계와 비슷한 뭔가가 나를 기다리고 있었다.

내 머리 곳곳에 줄이 연결된 스티커를 가득 붙이고 5분간 가만히 앉아 있는 검사였다. 뇌파를 측정해서 객관적인 진단을 하는 것일까? 아니면, 실은 뇌의 상태를 더욱 교란시키는 장치로, 제약 회사와 은밀히 손잡고 영원히 이 병의 노예로 살게끔 만드는 술수가 아닐까? 어느 쪽이든 나는 거부권이 없었다. 그들이 시키는 대로 행해야 하는 무력한 존재일 뿐이었다. 검사의 일환으로 엉덩이로 이름을 쓰라고 해도 나는 결국 했을 것이다. 병원이란 그런 곳이다.

의사는 공황장애가 맞다며 간단한 약을 처방해 주었다. 먹으면 정신이 다소 몽롱해지는 항우울제 비슷한 약이었으리라. 집으로 돌아와 한 알을 집어삼켰다. 이제 나는 영원히 이 약의 노예가 되는 것일까? 플라시보 효과인지 아니면 실제로 약의 효능인지는 몰라도 오늘 밤은 상태가 괜찮다. 그러나 그놈이 언제 또 엄습해 올지는 모른다.

조금이라도 상태가 괜찮으면 공황장애라는 단어가 나와는 아무 관련도 없는, 정색하고 반문할 수도 있을 만큼 마치 백만 광년 떨어진 개념처럼 느껴진다. 우주가 가속 팽창하듯 이대로 우리는 영원히 멀어졌으면 좋겠다.

불을 끄고 누웠다. 제대로 잘 수나 있을까. 어쨌든 눈을 감았다. 깜깜한 세상이 보였다. 그 검은 세계에서 문득 덩어리진 검은 형체들이 나타났다가 사라지는 느낌이 들었다. 검은 형체들은 내가 잠시 접어 두었던 그 질문, 그 문장의 형태를 띠고 점점 클로즈업되었다.

나는 왜 이렇게 되었을까. 나는 왜 이렇게 되었을까. 내가 뭘 잘못했을까.

0 4 ⋯→ 내 가 주 인 공 인 페 이 크 다 큐 멘 터 리 ⌃

적을 알아야 한다. 정신이 맑아질 때마다 공황장애에 관해 검색을 하고 관련 서적을 읽었다.

한 줌 위안을 주는 내용을 발견했다. 공황장애는 한 단어가 아니라 '공황+장애'라는 것이다. '공황' 그 자체는 장애가 아니라는 새삼스러운 사실이 나를 안심시켰다. 사람은 누구나 긴박한 순간 공황 상태에 빠지게 되는데, 이는 진화론적으로도 설명이 되는 지극히 자연스러운 신체 현상이다. 다만 '장애'가 문제다. 가령 캄캄한 밤길을 걷다가 난데없이 등장한 귀신 앞에서 돋아야 할 소름이 사랑하는 애인 앞에서 돋는다면 상당히 난처해질 것이다. 써 놓고 보니 적절한 예가 아니다. 사랑 돋네,라고 적절한 드립을 치면 난처

해질 것까지야. 아니, 오히려 애인이 더 감동받을지도. 와, 자기는 소름 돋을 정도로 나를 사랑하… 삼천포로 빠졌다. 아무튼 소름이고 사랑이고 나발이고 공황 상태가 시도 때도 없이 찾아온다면 적어도 감동받을 사람은 아무도 없다.

공황장애는 "너 지금 위험한 상황이야!"라고 자기 자신을 대상으로 사기를 치는 대 신체 사기극이며, 관객이 오직 자신밖에 없는 극장에서 자기가 주인공으로 출연하는 페이크 다큐멘터리다.

공황장애는 숙주에게 자주 거짓말을 한다. 고통스러울 때마다 매번 이 사실을 떠올려야 한다. 갑자기 숨이 잘 안 쉬어져도 호흡기에 문제가 있는 것이 아니다. 시야가 흐려져도 시력에 문제가 있는 것이 아니다. 싸한 기분과 함께 기절 충동이 일어나도 뇌에 이상이 생긴 것은 아니다.
증상이 찾아올 때마다 되뇐다. 너는 거짓말이다. 너는 거짓말이다. 너는 믿을 수 없을 만큼 생생하게 존재하지만 결국 너는 거짓말이다,라고.

어제부터 처방받은 약을 복용하기 시작했다.

가장 두려운 것은 외출이다. 나는 공연이나 전시를 보고 기사 쓰는 일을 정기적으로 하고 있는데, 외출 전날부터 걱정이 되었다. 혹시 공공장소에서 내가 나를 통제하지 못하는 상황이 오면 어떡하지? 완전히 이성을 잃어버린다면?

차마 글로 옮기지 못할 돌이킬 수 없는 최악의 상상도 하게 된다. 이런 내 불안한 마음은 내 안의 공황장애가 더 큰 덩어리로 성장하는 원동력으로 작용한다. 첫 외출이 결정적인 역할을 할 것이다. 만약 공공장소에서 과호흡으로 쓰러지거나 심한 공황 상태에 빠진다면 외출 자체에 대한 강력한 트라우마가 생성될 것이다.

다행히 첫 외출은 성공적이었고 무사히 집으로 돌아왔다. 운이 좋았다.

하지만 아무 일도 없었던 것은 아니다. 공황 발작을 처음으로 경험한 그 날을 기점으로 이 글을 쓰는 현재까지 밀폐된 공간에서 연극이나 영화를 볼 때면 약 20퍼센트의 확률로 스물스물 뭔가가 가슴 속에서 요동친다. 그럴 때는 당장 출구를 향해 언제라도 뛰쳐나갈 상상을 하면서 그냥

견딘다. 견디자고 마음먹어서 견딜 수 있다는 것에 감사할
뿐이다.

　　여러 가지 주술적인 실험을 해 보고 있다.
　　갑자기 내 안의 공황 스위치가 ON 되었다는 것을 알
아채면 재빨리 주위를 둘러본다. 아무 사물이나 하나 지목
해 그것을 의인화시킬 준비를 한다. 만약 옆에 빈 의자가
있다면 그곳에 내 공황장애를 앉혀 놓고 쓰다듬는 상상을
한다. 종이와 펜이 있다면 아무렇게나 끄적여 공황장애를
표현해 본다. 앞에 기차가 지나간다면 그 위에 내 공황장애
를 태워 멀리 떠나보내는 상황을 떠올린다. 그 어떤 또라이
같은 짓이라도 내 마음에 안정이 찾아오기만 한다면, 설령
그 행위가 과학적인 근거가 전혀 없더라도 장땡이다.
　　하지만 이렇게 간단한 상상으로 증상이 쉽게 완화된
다면 누가 공황장애 때문에 괴로워할까? 어떤 상상은 효과
를 봤다가도 바로 그다음 상황에서는 전혀 쓸모없게 된다.
그러면 또 다른 상상을 만들어 놓고 대비하기를 반복한다.

　　실체 없는 병과 싸워서 이기는 방법 중 하나는 끝없이

내가 승리하는 시나리오를 떠올리고 상상하는 것이다. 나는 이 훈련을 자주 했다. 우연이었을까? 공황장애에 걸린 이후 나는 영화감독이 되었다.

요즘 몸 상태가 정상이 아닌지라, 정말 어울리지 않게 '어떻게 살아야 될까?'라는 생각을 가끔씩 하게 된다. 삶에서 지녀야 할 중요한 태도가 하나 있다면, 모든 것에서 거리 두기가 아닐까 생각해 본다. 자신이 하고 있는 일, 현재의 상황, 타인과의 관계, 순간적인 감성이나 기분까지도 언제든 내면에서 타자화시켜 버리는 태도를 지닐 수만 있다면, 우리는 각자의 삶을 좀 더 객관적인 지표로 판단하고 의외의 깨달음을 얻을 것이다.

그러니까 자신을 둘러싼 모든 일들을 일종의 리뷰 형식으로 풀어 나갈 줄 알아야 한다. 영화나 책을 보고 생각을 정리해 리뷰를 쓰듯, 자신의 몸과 정신에 직접적인 타격을 일으키는 질병조차도 마치 타인의 질병을 목격하는 듯한 태도로 잠시 둔갑해 리뷰의 대상으로 삼아야 한다.

이렇게 지금 쓰고 있는 글과 그린 그림들 모두 내가 하루 동안 겪은 공황장애에 대한 거리 두기, 타자화, 리뷰하기의 연습이다. 마치 제3자나 방관자의 입장처럼 돌변하는 것이다. 한 걸음 떨어져 자기 자신을 바라보는 시야가 확보됨으로써 스스로를 좀 더 정확하게 판단할 수 있을 뿐더러, 그 시선에 비친 자신의 모습이 아무리 절망적이더라도 거리 두기는 모종의 희열감과 정복감을 느끼게 해 준다. 그러니까 나는 나의 공황장애를 그림으로 막 그려 버리고 글로 써 버리는 것이다.

색을 선택하고, 형태를 만들어 내며, 알맞은 단어를 고르고, 문장과 문단을 나누는 거리 두기 행위를 통해 거리 두기를 시도하지 않았더라면 내 몸 안에서 무한하게 맴돌았을 것들에게 비로소 형태가 부여되고 단어가 부여되고 색이 부여되고 마침표가 부여되는 것이다. 억울한 사연을 속에 담아 두지 않고 남에게 하소연하는 것만으로도 일정

부분 마음의 정화가 오는 것과 비슷한 원리다.

그러나 말처럼 쉬운 게 어디 있겠는가? 이론을 몸으로 터득하는 데에는 상당한 시간이 필요하다.

오늘은 광주에서 KTX를 타고 용산역에 도착해서 다시 전철을 20분 정도 탔는데, 전철 안에서 정말 힘들었다. 어두워질 때부터 시작된 몽롱한 증상이 전철 안에서 점점 심해져 급기야 주저앉기 직전의 상황까지 온 것이다. 그럴 때면 1초 뒤의 내 상태를 확신할 수 없을 정도로 극도의 긴장과 불안이 온몸을 휩싼다. 오늘 하루 동안 먹지 않은 약을 재빨리 입 안에 털어 넣고 정말 정신력으로 겨우 견뎌 냈다.

목적지에 도착해 전철 문이 열리자 얼른 내려서는 뒤돌아보며 오늘의 공황장애 형태는 내가 탔던 저 전철이라고 재빨리 상상했다. 나는 오늘의 공황장애에서 내린 것이다. 공황장애는 점점 나로부터 멀리 떨어질 것이다.

어쨌든 별다른 일 없이 집에 도착해서 지금은 괜찮아졌다. 오늘 하루 난 잘 견뎌 냈다. 잘했다, 잘했어.

06 ⋯ 선생님, 저는 질병이 아니라 사람입니다 ⋮

    정신과에 두 번째로 방문한 날, 나는 폭발했다. 정신 질환이 이제는 특별한 케이스가 아니라 현대인들이 보편적으로 앓고 있는 것임을 알지만, 적어도 초창기에는 동네 내과 가는 기분으로 정신과에 갈 수는 없지 않은가. 제대로 된 정신과 의사라면 열악한 환경 운운하기 전에 환자를 대하는 최소한의 태도라는 게 있어야 할 것이다. 나는 운이 없게도 난생 처음 방문한 정신과에서 직업윤리가 결여된 주치의를 만났고, 짧지만 아주 기분 더러운 경험을 했다.

    내게 찾아온 첫 발작 증상이 신체적 결함에서 비롯된 게 아니라 극도의 공황 상태였다는 것을 인지한 직후, 나는 정신과를 찾았다. 첫 방문에서는 아주 간단한 상담과 함께 약을 처방받았다. 그때도 의사의 태도가 굉장히 사무적이라는 느낌을 받았지만, 나와 같은 환자가 워낙 많아서 그러려니 생각하고 일단 처방받은 약만 가지고 돌아왔다.

그리고 일주일 후 다시 방문했을 때, "좀 어때요?"라고 묻는 말에 나는 내 상태를 최대한 정확하게 전달하려고 노력했다. 그리고 내 상태에 대해 나름의 추론까지 덧붙여 궁금한 점을 물어 보았다. 그런데 이 의사라는 놈은 처음부터 끝까지 오로지 약 이야기밖에 하질 않았다.

"아… 그러세요? 그러면 약을 더 이른 시간에 드세요."
"아, 그럼 수면제는 필요 없죠?"
"약 2주치 처방해 드릴게요. 그때 봬요."

이것이 두 번째 정신과 방문에서 내가 주치의로부터 들은 말 전부다.

방문을 열고 나오는데 기분이 무진장 더러웠다. 주치의에게 내 상태에 대한 관심과 심리적 안정을 도모할 만한 대화 따위를 애써 구걸하지는 않는다 쳐도, 적어도 의사라면, 그게 사무적이고 기계적인 답변이라 할지라도 일정 시간을 할애해 환자에게 '공황장애'에 대한 일반적인 지식을 지속적으로 전해 줄 의무가 있지 않나?

그러나 방문을 열고, 앉고, 다시 일어서 방문을 열고 나오기까지 약 3분 동안 접한 의사의 태도에서 나는 대략 '궁시렁 궁시렁 내 앞에서 귀찮게 늘어놓지 말고 그냥 약이나 얻어 받고 꺼져 줄래?'와 같은 무언의 메시지를 느꼈다.

의사는 나를 빨리 처분해야 할 질병으로 대했다. 앞에 사람이 앉아 있다는 사실을 망각했음이 분명했다.

나는 다시 진료실로 뛰어 들어가 책상을 내리쳤다. 모니터를 보며 뭘 적고 있던 의사놈은 그제야 흔들리는 눈빛으로 내 눈을 마주쳤다. 나는 그 순간을 놓치지 않고 외쳤다. 아, 이거 참, 진료실에 의사는 없고 웬 약 자판기만 앉아 있어? 요즘에는 진료를 자판기가 하나 보지? 내게 약을 주기만을 간절히 원하는 자판기인 것 같으니 한번 버튼을 눌러 볼까? 자, 어디가 버튼일까? 여긴가? 여기를 세게 누르면 되나? 어허헛? 자판기가 막 움직이네? 이것도 공황장애 증상인가? 이제 자판기가 막 눈 앞에서 폴짝폴짝 움직이네. 하하하하하…라고 했었어야 했다. 후.

　돌아오는 버스 안에서 나는 다시는 그 정신과에 가지 않으리라 마음먹었고, 내 모든 기운을 총 집합시켜 그 의사 놈이 극심한 공황장애에 걸리라고 주기도문을 외우고 비나 이다 비나이다를 웅얼거렸다.
　이대로는 집에 갈 수 없었다.
　평소 허리가 아플 때마다 찾던 동네 한의원에 들렀다. 내 이야기를 들은 우리 한의사 선생님은 일단 본인은 공황 장애에 관해 전문적으로 알고 있지는 않다고 고백한 후, 정 신과에서 처방받은 약을 보여 달라고 했다. 약 하나하나 구 글검색을 해 가며 어떤 성분이고 어떤 효과가 있는지 친절 하게 설명해 주었으며, 한의학 쪽에서는 이런 정신적인 문 제를 어떻게 접근하고 있는지 설명해 주었다.
　아, 그러고 보니 그 자판기 의사는 내게 약에 관한 설 명도 안 해 줬구나.
　상담이 끝난 후 한의사는 어느 할머니에게 침을 놓아 주며 이렇게 물었다. "할머니, 어깨 다 나으면 뭐가 가장 하 고 싶으세요?" 나는 감동했다. 다음에 당장 그곳에서 한약을 지었다.

처방받은 정신과 약은 먹지 않았다. 그 정신과 자판기 의사가 처방해 준 약을 먹고 몸이 괜찮아지면 오히려 아주 기분이 나쁠 것 같았다. 반면 정신과 전문의는 아니지만 친절한 동네 한의사가 지어 준 한약은 아주 달다. 달아. 그냥 한 모금만 넘겨도 정신이 맑아지는 느낌이다. (결과적으로 이후 나는 그 어떤 정신과도 가지 않았고 최초 일주일을 제외하곤 정신과 관련 양약을 복용하지 않았다.)

나중에 안 사실이지만 내가 경험한 일은 환자들이 정신과에서 겪는 아주 일반적인 일이었다. 좋은 정신과 주치의를 만나려면 굉장한 발품을 팔아야 한다. 우리나라에는 자판기가 앉아 있는 정신과가 많다. 물론 약만 원하는 환자도 분명 존재한다. 그러나 그것도 어느 단계를 지나고 난 다음 환자가 스스로 결정할 일이다.

현역 의사가 집필한 《어떻게 죽을 것인가》라는 책에는 현대 사회에서는 병으로 죽어 가는 사람을 사람으로 보지 않고 치료해야 할 질병으로만 보기 때문에 우리의 말년

이 그토록 고통스럽다고 써 있었다. 그러나 우리가 인간으로서 존중받기 바라는 심정은 때와 장소를 가리지 않는다.

어떤 날의 기록 1

시야가 흐려온다. 금방이라도 내 몸이 안에서부터 폭
발해 버릴 것 같은 불안이, 한번 머릿속을 스쳐 지나간 후
좀처럼 사그라지지 않는다. 불안과 염려를 눈치 채고 그놈
이 나를 잠식해 가고 있다. 뒷골이 오싹해지는 동시에 명치
쪽이 쪼그라드는 느낌이다. 지금 키보드를 치는 이 순간도
자꾸 눈의 초점이 흔들리고, 붕 떠 있는 듯한 상태가 찾아
오고 있다.

하지만 동시에 나는 알고 있다. 내 머리와 심장과 명

치 등 내 몸의 내부 기관은 아주 정상적이라는 것을. 이미
알고 있듯 공황 그 자체는 위험에 닥친 인간의 아주 정상적
인 반응이라는 것을. 다만 내 안의 근거 없는 두려움이 눈
덩이처럼 커져서 내게 잘못된 정보를 주입시키고 있다는
것을 말이다.

심호흡을 하고, 눈을 똑바로 뜨려고 하며, 뒷골에 들어
간 힘을 풀어 본다.
지금의 글쓰기는 내 몸에 찾아온 공황을 실시간으
로 생중계하고 있는 것이다. 따라서 두서도 없고, 오로지
그냥 쓴다. 쓴다.

너는 지금 글자로 번역되고 있다. 너는 점점 내 글자
에 갇혀 가고 있을 뿐이다. 왜냐하면 나는 너를 가둬 둘 문
장과 단어와 쉼표와 마침표를 만들고 있거든. 모니터가 이
렇게 밝았나 싶을 정도로 과다한 빛 노출에 순간순간 집중
이 되지 않지만, 나는 오타 따윈 없이 널 완벽하게 써 내려
갈 거거든. 내 생각을 완벽하게 글자로 전송하고 있는 중이
거든. 생각에서 탄생한 너는 다시 생각으로 낱낱이 분해되

고 분석되어 허공으로 흩날려질 거거든. 시야는 좀 흐리지만 절대로 글을 쓰지 못할 상황은 오지 않을 거거든. 넌 기껏해야 내 글쓰기와 그리기의 재료밖에 되지 않을 거거든. 재료 이상의 의미를 내 안에서 결코 야망할 수 없을 거거든. 심지어 난 여태까지 썼던 글을 다시 읽으며 마음에 들지 않는 문장까지 한번 고쳐 주는 여유까지 부렸거든. 넌 결국 점점 사그라지고 말 거거든.

그리고 난 오늘 밤에 푹 잘 거거든. 그리고 내일 아침에 별 일 없이 일어날 거거든. 더 이상 쓸 말이 없지만 이렇게 한 문장 괜히 한 번 더 써 봤거든. 왜냐하면 그건 내 마음이거든. 내가 이 글의 마지막 마침표를 찍기 전에 넌 달아날 거거든.

어떤 날의 기록 2

오늘은 아침부터 머리 위쪽이 얼얼하더니 미술 전시를 보러 인사동으로 이동하는 버스 안에서 증상이 점점 심해졌다. 마치 내 머리 주위를 UFO가 빙빙 돌며 지속적으로 마취제를 뿌리는 듯한 기분이랄까?

정수리부터 마취되어 점점 감각이 없어져 급기야 두 뺨까지 내려왔다. 웃으면 양 볼 끝 감각이 없는 것이 느껴졌다. 두통은 전혀 없었지만 시야가 흐려지고 정신이 몽롱해졌다. 공황장애에 대한 지식이 없었다면 난 곧바로 뇌졸중이나 신경이 마비되는 구안와사를 의심했을 것이다. 하지만 나는 이것이 무의식에서 발동하는 허상이라는 것을 안다.

그래, 내 머리 위에 머물다 가라. 머문 김에 미술 전시회도 같이 가자. 그림도 좀 구경해라. 공황아, 니가 나 아니면 언제 이런 구경을 해 보겠니?라고 마치 정신분열자처럼 되뇌고 되뇌었다.

공황 비슷한 상태는 오지 않았지만 저녁이 되어도 머리 위에 달라붙어 있는 놈은 떠나질 않았다. 약간의 짜증이 밀려왔다. 헬스장에 가서 땀에 흠뻑 젖을 정도로 뛰고 샤워도 해 봤지만 좀처럼 떨어지지 않았다. 집에 있는데 동네 친구들이 저녁 술자리에 초대했다. 머리의 마비 증상과 어지러움이 가시지 않아 외출에 부담이 있어 잠깐 망설였지만 일부러 나갔다. 왁자지껄한 술집 분위기 속에서 서로 개소리를 주고받고 또 미친 듯이 웃으며 심지어 소주도 막 넘겼다.

될 대로 되라지. 자리가 파하고 자리에서 일어나는데, 머리에 달라붙었던 놈이 없어진 걸 깨달았다. 참 희한한 일이다. 물론 오늘의 방법이 내일도 통하리라는 보장은 없다. 오늘은 운이 좋았을 뿐이다.

"아무것도 아니라고 생각하면 아무것도 아니다."

위 문장은 진리다. 공황장애뿐 아니라 삶의 모든 순
간에 적용되는 말이기 때문이다. 동시에 하나마나 한 소리
다. 애초에 아무것도 아니었으면 아무것이라고 생각하지도
않았을 뿐더러 아무것이 아무것도 아닌 게 아닌 사람에게
저 문장은 얼마나 야속한가? 다시 말하면, 이미 구체적 형
태로 존재하는 고통을 경험하고 있는 사람에게 저 문장은
진리일지언정 위로는 전혀 되지 않는다.

예전에 "걱정하는 것을 걱정하지 마"라는 가사를 보고
비웃었던 기억이 난다. 아니 이렇게 무책임한 가사를 써도
되나? 아님 누굴 놀리나? 어떻게 걱정하는 것을 걱정 안 하

는데? 뺨을 한 대 후려갈기고 "아파하는 것을 아파하지 마"라고 말하면 저 작사가는 기꺼이 수긍할까?

정신과에서 처방해 주는 약의 효능이 아직 과학적으로 증명된 바가 없고, 약보다는 해당 주치의와의 관계가 더 환자의 호전에 유의미하다는 과학 기사를 최근에 읽었다.

이처럼 고통 받는 사람에게 필요한 것은 추상적 진리가 아니라 절실한 공감이다. 가슴 속 응어리를 누군가 진정으로 들어주고 이해해 주는 것만으로도 깊은 위로를 받는 것과 같다. 하지만 불행하게도 타인의 고통에 공감하는 것은 아무리 가까운 사이라도 매번 가능하리라는 보장이 없다.

공감이란 오직 비슷한 상황과 고통을 공유한 그룹 안에서만 진정으로 가능한 것이다. 실제로 내 상태를 호소했을 때 나의 가장 친한 친구 우덱은 이런 말을 했다.

"임마, 정신이 허해서 그래. 나도 옛날에 힘든 적 많았거든. 그런 증상 나도 다 체험해 봤어. 산전수전 겪은 몸이거든. 근데 마음 굳게 다지고 아무것도 아니라고 생각하면 아무것도 아니더라. 힘내 짜샤!"

이렇게 말했던 내 친구 우덱은 저 말을 내뱉은 지 3개월 만에 호흡곤란 증세를 보였다. 영혼이 털리는 느낌도 받았다고 했다. 병원을 가 봤지만 이상이 없다는 진단까지, 모든 것이 공황장애의 전형적인 증상이었다.

　　세상에, 이게 무슨 전염병도 아니고. 나는 속으로 ㅋㅋㅋㅋㅋㅋ 하면서도 겉으로는 매우 걱정하는 눈빛으로 친구의 손을 잡고 그윽하게 말했다. 친구야 그거 공황장애야.

　　나는 우덱이 다니던 회사에 사표를 내러 가는 길에 동행했고, 정신과도 데려갔다. 나는 공황장애 선배로서 그에게 마음껏 충고와 꼰대질로 복수를 가했다. 우덱은 객관적으로 공황장애 증상이라는 것을 인정하지만 도저히 마음으로는 인정하기가 싫다고 했다. 그래도 이 병이 아무것도 아닌 것이 아니라는 것쯤은 알았을 것이다. 대개 이 병은 정녕 '아무것'이란 말이다!라고 이 병을 겪지 않은 주위 사람들에게 소리쳐 봤자 대부분 본전도 못 찾을 뿐더러 '의지박약'이라는 소리만 안 들어도 다행이다.

　　왜 나를 이해 못해? 이런 마인드로 사람들을 대하면 되돌아오는 것은 상처뿐이다. 설령이라도 타인에게 공감을 바라지 말 것. 그것은 애초부터 불가능하다는 것을 재빨리 인식하면, 간혹 가까운 지인이 주는 악의 없는 상처에도 의연하게 넘어갈 수 있을 것이다.

혹시라도 이 글을 읽고 있는 당신 주변에 불안증이나 공황장애 혹은 우울증을 겪고 있다고 토로하는 친구가 있다면 특히 말조심을 하자. 본인의 과거에서 최대한 비슷한 경험을 불러내 경솔하게 퉁쳐 버리는 말을 하지는 않을까 노심초사하는 태도를 장착해 보자.

나는 네가 현재 겪고 있는 상황이 무엇인지 잘 모르겠어. 내가 도움이 될 일이 있으면 언제라도 말해 줘. 이렇게 말하는 것이 최선이다.

같은 공황장애 환자를 대할 때도 마찬가지다. 우리는 공황장애라는 큰 틀 안에 있을 뿐이지 발현되는 증상과 그것을 둘러싼 환경은 천차만별이다. 언제나 타인의 고통 앞에서 겸손한 태도를 유지하도록 노력해야 한다. 이런 태도를 망각하는 동시에 우리는 "내가 겪어 봐서 아는데…"라는 말을 내뱉으며 폭력을 행사하는 꼰대가 된다.

평소처럼 방바닥에 누워 친구와 통화를 하고 있었다. 그러다 문득 내 커다란 발가락을 보았다. 불현듯 내 몸이 터질지도 모른다는 생각이 들었다. 불안했다. 불안은 점점 더 큰 불안을 불러왔다.

공황 상태까지는 오지 않았지만 그날 밤 뜬눈으로 잠을 설쳐야만 했다.

참으로 이해할 수 없는 전개 과정이다. 발가락을 쳐다보는 행위와 몸이 폭발할지도 모른다는 상상이 대체 무슨 관계가 있나? 하물며 말도 안 되는 상상에 실제로 괴로워했던 내 모습은 지금도 돌아보면 스스로 납득하기 어렵다. 왜냐면 나는 발가락에 대한 그 어떤 트라우마도 없을 뿐더러 몸이 폭발할지도 모른다는 상상은 살면서 단 한 번도 해 본 적이 없기 때문이다.

공황장애의 괴로움은 이런 식이다. 일생 동안 한 번도 해 보지 않았던 생각에 의해 일생 동안 한 번도 겪어 보지 않았던 고통이 수반되는 것. 여기에는 어떤 논리도 이성도 의지도 작용하지 않는다.

어느 날 문득 고개를 들어 하늘을 보았는데 우연히 UFO를 목격했다고 치자. 그런데 이상하게도 그것을 본 후 기분이 더러웠다. 그렇다면 고개를 든 것이 잘못이었을까, 하늘을 본 것이 잘못이었을까?

분명 둘 다 아니다. 따라서 내 발을 쳐다본 것도 사건의 원인이 아니다. 그냥 발가락을 보았을 뿐인데 느닷없이 UFO가 나타나는 식이다. 현재 공황장애로 고통 받고 있는 사람들은 공황을 대부분 이렇게 표현한다. "그놈이 온다."

공황 발작을 처음 경험한 충격적인 그날부터 지금까

지의 상황을 간단히 비유해 보면 이렇다.

처음엔 초대받지 않은 손님이 내 방에 도둑처럼 들어와 침대 밑에서 3주가량 잠복해 있었다. 그러던 어느 날 밤, 그놈은 잠자고 있던 나를 별안간 덮쳤다. 나는 아무 저항도 시도해 보지 못한 채 속수무책으로 K.O. 패배를 당했다.

그후 일주일간 나는 범인 찾기에 나섰다. 처음 며칠은 헛다리를 짚었지만 결국 유력한 용의자가 누군지 알아냈다. 하지만 적의 정체를 알았다고 곧바로 이길 수는 없는 노릇이다. 나는 놈에 대한 정확한 정보를 지속적으로 알아내는 한편 놈을 이기기 위한 나름의 훈련도 병행했다. 그 와중에도 놈은 나를 툭툭 건드리고 괴롭혔다. 가끔 어이없게도 발가락 같은 곳에 숨어 있다가 나를 엄습하곤 했지만 최초의 K.O. 패배 같은 상황은 더 이상 일어나지 않았다.

현재까지 5일 동안 잠잠한 상태다. 아무래도 어느 정도 놈을 쫓아내는 데 성공한 듯하다. 하지만 안심하기엔 이르다. 놈은 방문 바깥에서 대기하고 있기 때문이다. 언제라도 문이 열리면 공격할 준비가 되어 있는 놈이다.

내 목표는, 방문이 열리지 않기를 불안에 떨며 기원

하는 것이 아니라 방문이 열릴 때마다 그놈과 맞장을 뜨는 것이다. 그래서 방문이 열리는 것을 두려워하지 않는 상태가 되는 것이다.

　문 밖에 있다고 해서 안심하면 안 된다. 언젠가 분명 문은 열릴 것이고, 그 때가 되면 가드를 내린 채 상대방을 조롱하는 권투선수처럼 놈을 우습게 맞이할 수 있도록 훈련을 열심히 해야 한다. 이 글쓰기도 그 훈련 중에 하나다.

10 ⋯ 무 속 인 의 제 안 ⋮

고등학교 친구인 우뎩 어머니의 파란만장한 인생 스
토리는 우뎩에게 익히 들은 바 있다. 지금은 평범한 삶을
살고 계시지만 실은 전직 무속인이었다고. 신내림을 받고
난 뒤 찾아오는 사람들에게 점을 봐 줬는데 너무 용해서 심
지어 제주도에서까지 올라오는 사람이 있을 정도였다고.

야, 그럼 너도 어머니한테 물려받은 기운으로 내 미래
좀 살펴봐봐,라고 하면 우뎩은 고개를 저으며 답한다. 얼마
되지 않아 어머니는 결혼 등 여러 사정으로 무속인을 그만
두어야 했고, 또 자식에게 같은 운명을 물려주고 싶지 않아
서 우뎩이 어릴 때 대구 팔공산 등 전국의 산을 함께 돌아

다니며 신내림 쫓아내는 의식을 치렀다고.

하긴, 이제껏 우덱을 15년 넘게 봐 오면서 한 번도 그에게서 차원이 다른 비범함을 엿본 적은 없었다. 아 생각해 보니 있구나. 고기뷔페 가서 배가 터지게 먹고 2차로 맥주집에 가서 치킨을 뜯어 음식물이 목구멍까지 차올라 천근같은 몸뚱어리를 이끌고 귀가하는 길에 우덱은 초롱초롱한 눈망울로 권한다. 국밥집에 가서 딱 한 그릇만 먹자고. 나는 경이로운 눈빛으로 답한다. 네가 정녕 사람인 것이냐? 그럴 때를 빼고는 뭐.

우덱은 종종 친구들을 집으로 초대해 앞마당에서 고기를 구어 먹곤 한다.

그해 여름밤, 그 날도 우덱 집에서 삼겹살 파티를 하고 있었다. 아들 친구들이 오면 항상 냉장고에서 이것저것 내오시는 우덱 어머니. 어머니도 같이 한잔하시죠!라고 말하면 어머니는 야, 니들은 이제야 그 말을 하니? 한잔 줘봐,라며 옆에 앉으신다.

연달아 소주를 들이켜고 이윽고 몽롱해졌을 때 나는 우덱 어머니에게 물었다. 어머니, 어머니, 제가 요즘에 몸

이 좀 이상해요. 아니, 조금이 아니고 심각해요. 병원에서는 이상이 없다는데 가끔씩 죽을지도 모른다는 불길한 생각에 너무 괴롭고요, 또 숨도 잘 안 쉬어지고 시야도 흐려지고… 공황장애라고 하던데 그게 맞는 걸까요? 저는 왜 이러는 걸까요?

순간 어머니의 깊은 눈빛을 받았다. 재형아, 너 정말 괴로웠겠구나.

나는 그때부터 시작된 우덕 어머니의 말씀을 경청했다. 동물 시체를 태운 연기가 밤하늘로 흩어지고 있었다.

재형아, 네가 아무것도 모르니까 그 고통을 받고 견디고 있는 것이겠지. 가슴이 아프구나. 지금으로서는 네게 알려 줄 수 있는 가장 효과적인 방법은 이거야. 최근에 북한산 쪽으로 작업실 이사를 갔다고 했지? 몸의 기운과 산의 기운은 뗄 수가 없단다. 사람 몸과 집터와 산은 삼위일체야. 그리고 그 산이 특히 기운이 강한 산이야. 초하루 보름날을 기다려. 그리고 막걸리 한 병을 사서 그 산에 오르거라. 큰 바위가 있는 곳에서 한잔 따라놓고 절을 하면서 내가 일러준 대로만 말씀드려. 그렇게 조상님 대우를 해 드리면 꿈에 선몽을 받을 수도 있고 몸이 달라질 거야. 일반인은 그 세계와 대화를 시도하는 것만으로도 좋아질 가능성이 많아.

몇 개월 안 가서 바로 우덱이 공황장애에 걸렸다.

전직 무속인의 아들도 공황장애로부터 예외일 수는 없었다. 아무튼 그 당시 나는 우덱 어머니의 조언을 마음에 새겨듣고 막걸리를 한 병 사서 경건한 마음으로 북한산 꼭대기에 올랐다. 지푸라기라도 잡는 심정으로.

11 → 산신령께 보내는 편지

안녕하세요, 산신령님.

이제야 인사드립니다. 진즉에 찾아뵙고 정식으로 인사드렸어야 했는데 송구스럽습니다. 원래 인간이란 간사한 존재라 불행할 때만 신을 절실히 찾는다는 거, 잘 알고 계실 겁니다. 네, 저도 그런 인간 중 하나입니다. 염치없는 거압니다. 아아, 오해는 마세요. 다짜고짜 죽을병을 낫게 해달라거나 로또 1등의 행운을 부탁하러 온 건 아니니까요.

그런데 산신령님, 가까이서 뵈니 정말 잘생기셨네요. 놓인 바위들의 비례와 배치는 오로지 천상의 아름다움을 인간에게 전해 주기 위해 누군가 일부러 깎아 놓은 조각품 같습니다. 아아, 아첨은 아니에요. 이래봬도 미술을 전공한 예술가로서 말씀드리는 정확한 미학적 판단입니다. 됐고 왜 왔냐고요? 일단 가져온 막걸리 한 사발 올리겠습니다. 사양 말고 주욱 들이키세요.

제가 말입니다, 한 달 전부터 약간 괴롭습니다. 심각한 상태는 아닌데요, 도무지 정체를 모르겠습니다. 가끔 출처를 알 수 없는 불안감이 몸과 마음을 지배하려 듭니다. 머리는 지끈지끈하고 심장은 벌렁벌렁대며 사지가 안절부절 못하는 증상이 찾아옵니다. 이래저래 찾아보니까 제가 앓고 있는 병명이 공황장애라고 하대요. 스트레스 많은 연예인들이나 걸리는 병인 줄 알았죠. 사실 '공항'장애인지 '공황'장애인지 철자도 잘 모를 만큼 관심도 없었습니다. 우리 이모도 제 소식을 듣고는 "오쟁이 공항에서 뭔 일이 있었어?"라고 말했을 정도니까요. 그 정도로 공황장애는 내 일이 아니었으니까요.

근데요, 그게 갑자기 찾아오데요. 마치 종로 3가를 아무 생각 없이 걷다가 "보니까 안타까워서 그러는데…"라며 뜬금없이 말을 거는 '도를 아십니까' 신도를 마주치는 것처럼요. 아무튼 이해가 안 돼요. 정신적·육체적 스트레스가 전무하다시피 만족한 삶을 살아온 제게 도대체 왜요? 왜일까요? 절 받으세요.

조선시대였다면 100퍼센트 귀신 씌었다고 생각했을 겁니다. 무당 불러서 굿 하고 팥이나 실컷 맞으면서 "물러 가라!"라는 소리니 들었겠죠. 그런데 요즘은 과학이 쪼매 발전해서 그런지 공황장애에 대해서도 막 이러쿵저러쿵 분석하데요? 공황장애는 기본적으로 정신적이고 육체적인 스트레스에서 기인하며 뇌 속의 '노르에피네프린' '세로토닌' '가바'라 불리는 신경전달물질에 이상이 생겨서 발생하는 것이라고요.

그런데 저는 스트레스도 없었을 뿐더러 스트레스에 시달리는 모든 사람이 공황장애에 걸리는 건 아니기에 속 시원한 분석은 아닙니다. 또 세로토닌인가 뭐시긴가 하는 뇌 속에 흐르는 신경물질에 대한 문제점도 공황장애에 걸린 사람들에게 나타나는 결과이지 그것이 발생한 원인은 아니지요. 아직은 '왜'인지 아무도 모릅니다. 정신과 병원에 가도 의사는 약타령밖에 안 합니다. 산신령님, 미약한 인간이 안다면 얼마나 알겠습니까? 두 번째 절 올리겠습니다.

곰곰이 생각해 봤어요. 봄이면 힘차게 땅을 치고 올라오는 잡초에서도 강한 생명력과 아름다움이 느껴지듯, 세상 모든 존재는 모두 나름의 이유가 있지 않겠습니까? 공황장애 또한 제게 찾아온 이유가 있겠죠. 물론 산신령님은 모든 것을 알고 계실 터이지만, 그래도 제가 건방지게 한번 맞춰 볼까요? 제게 공황장애가 온 이유는 이렇습니다.

첫 번째로 저는 훌륭한 예술가로서 성장하기엔 인간적인 스토리가 많이 부족했습니다. 가난에 허덕이며 담뱃값 종이에 그림을 그려야만 했던 이중섭 같은 일화도, 일상생활도 불가능할 정도의 병약한 몸으로 그림을 그렸던 프리다 칼로와 같은 인간승리의 스토리도 저는 없죠. 아니면 미쳐서 고흐처럼 귀라도 잘랐던가. 해당사항이 없죠 저는. 그, 래, 서! 공황장애를 주신 겁니다. 예술가는 너무 평범하면 안 되니 공황장애라도 하나 가져라. 이런 거죠?

범인들이 보기엔 뭔가 있어 보이잖아요. "저… 그림을 그리다가 그만 공황장애에 걸렸어요… 흑흑"라고 하면, 뭔가 예술적 고뇌도 많을 거 같고 왠지 작품도 더 있어 보이는 거, 그거, 그런 거 때문이죠? 네, 알겠습니다. 유명한 예술가가 되기 위해서는 공황장애 하나쯤은 뭐 기본으로 있어야죠, 암요. 나중에 자서전에 쓸 거리도 하나 생겼고요. 좋습니다.

　두 번째 이유는, 저를 드디어 범인을 벗어난 '성인'의 반열로 격상시키려는 신령님의 의도라고 생각합니다. 아시 듯 '공황 상태' 그 자체는 위험을 감지한 인간에게 발생하는 아주 자연스럽고 당연한 현상이지요. 문제는 위험 상태가 아닌데도 자꾸 이놈의 몸이 착각을 하고 신체를 긴박한 상황으로 변화시키는 데에 있죠. 요즘 저는 공황 상태를 다스리는 훈련을 하고 있습니다. 그래서 갑자기 찾아오는 정신적·신체적인 불안 상태에서도 처음처럼 당하지 않고 이제 웬만큼 대처할 수 있게 되었죠. 아직은 훈련 중이라 완벽하지는 않지만 날이 갈수록 이 훈련의 완성도는 높아질 것입니다.

　이것이 의미하는 것은 무엇일까요? 단순히 '공황장애를 퇴치한다'에서 끝나는 수준이 아닙니다. 범인이라면 실제로 긴장해서 손바닥에 땀이 삐질삐질 나고 정신이 흐리멍덩해지는 상황에서도 저는 의연하게 몸과 마음을 컨트롤

할 수 있다는 이야기입니다. 그러니까 어떤 상황에서든 '신체와 정신을 내 마음대로 조절할 수 있는 능력'을 가지게 되는 거죠. 이게 진정 '성인'聖人이 아니면 무엇이겠습니까? 그 훈련을 지금 하고 있는 겁니다.

제 추론 능력에 깜짝 놀라셨습니까? 히히히. 말 들어 주셔서 감사합니다. 마지막 절 올립니다. 지켜봐 주세요.

12 ··· 고통의 초상화

이건 그냥 제안일 뿐이야. 과학적 근거는 없어. 농담처럼 듣고 흘려버리거나 피식 웃으며 무시해도 좋아. 지푸라기라도 잡고 싶은 심정이라면 손해는 없으니 한번 들어볼래. 고통 받고 있는 너에게 권해.

일단 조용한 곳에 앉아서 종이를 꺼내 봐. 연필과 지우개도. 색연필이나 굵은 사인펜이 색깔별로 있다면 더할 나위 없이 좋아. 사실 재료는 내가 다 준비했어. 이제부터 너는 그림을 그리게 될 거야. 어색하다고? 너 그림 못 그리는 거 충분히 아니까 걱정하지 않아도 돼. 초등학교를 끝으로 그림을 진지하게 그려 본 적이 없다거나 그릴 줄 아는 것은 여전히 졸라맨뿐이라고 해도 전혀 상관없어. 그 누구

라도 네 그림을 감히 평가하지 못하는 영역의 그리기를 시
도할 거야.

　　자, 준비가 됐으면 눈을 감아 봐. 현재 너를 괴롭히고
있는 공황 증상을 구체적으로 떠올려 봐. 그리고 그 고통을
의인화시키는 상상을 하는 거야. 더듬이가 세 개 달린 애
벌레 모양이어도 좋고, 문어 대가리에 박쥐 날개 같은 것이
달려 있어도 좋아. 추상화도 괜찮아. 구불구불한 선이 다섯
개 교차하는 형상이라든지 아니면 무지개처럼 여러 색깔이
번져 있는 모양도 나쁘지 않겠다.
　　어쨌든 널 괴롭히는 고통을 잘 생각해 보면 특징이 있
을 거야. 그것을 종이의 중앙에 그려 봐.
　　다 그렸어? 이제 거의 다 왔어. 마지막 단계로, 그려
놓은 것 주위에 감옥을 그려. 감옥의 형태 역시 네 마음대
로 디자인해. 고통을 그 안에 가둬. 못 빠져나오게.

　　라고, 내 친구 우덱을 작업실로 초청해 그림을 그리게
해 보았다. 우덱은 그림이라곤 그려 본 일이 없으며 예술에
있어서는 문외한에 가깝다. 우덱의 공황장애 증세가 악화

되어 다니던 회사에 사표를 제출한 날이었다. 몇 가지 규칙을 설명하자 우덱은 흰 종이에 거침없이 붓질을 해 나갔다. 빨간색으로 중앙에 고통을 형상화해 배치하고 그 주변에 아주 단단하고 튼튼한 감옥을 만들어 냈다.

오, 괜찮은데? 야, 근데 너 그림에 소질 있는 거 같다. 마크 로스코도 울고 가겠어. 그림 그려 보니까 어때?

우덱은 대답했다. 음. 효과가 있는지는 잘 모르겠어. 그런데 확실히 그림을 그리는 동안에는 집중해서 그런지 마음이 편안해지고 증상도 없었던 거 같아.

우덱에게 그림을 권했던 이유는 그림이 내게는 효과가 있었기 때문이다. 증상이 폭풍처럼 몸을 관통할 때마다 글쓰기과 그림 그리기를 병행했다. 글쓰기가 자신을 제3자의 시선으로 돌아보게 만들어 고통과 나 사이에 객관적인 거리를 확보해 주었다면, 그림 그리기는 언어로 포획되지 않는 고통의 감정을 스스로 형상화해 직면하는 훈련으로서 가치가 있다고 느꼈다.

우덱에게 설명했던 방식대로 처음 그림을 그렸던 날, 나는 그 그림을 공황장애 카페에 올렸다. 며칠 후 카페의

한 회원에게 쪽지가 왔다. 당신이 그린 그림을 핸드폰에 저장하고 위기의 순간마다 봤는데 호전이 있었다고. 주치의도 효과가 있을 때까지 그 그림을 부적처럼 봐도 좋겠다는 이야기를 했다고.

그림이 증상을 겪는 모두에게 효과가 있을지는 모르겠지만 몇몇에게게라도, 비록 한순간만이라도 좋은 역할을 한다면 그것으로 충분하지 않을까.

13 ⋯ 공황 퇴치 자전거 여행

그해 여름, 우뎅과 나는 큰 결심을 했다. 우리 안에 있는 이상한 덩어리들을 떨쳐 버릴 겸 서울에서 부산까지 자전거 국토 종주 여행을 떠났다.

부산까지는 열흘이 걸렸다. 중간에 친구네를 방문하고자 울산으로 경로를 틀었다. 그 길은 자전거 도로 대신 개미똥구멍만한 갓길밖에 없었다. 체감 50센티미터 옆으로 공룡만한 화물트럭이 연달아 쌩쌩 지나갔다. 한 대가 지나갈 때마다 바람의 여파로 휘청거렸다. 이러다가 언제 죽어도 이상하지 않겠다는 생각이 들었다. 우리의 목숨은 우리에게 달린 것이 아니었다. 운전기사가 졸거나 실수하지 않

기만을 바랄 뿐이었다.

　실재하는 죽음의 위협이 찾아올 때 공황장애는 우리 내면에 자리할 틈이 없었다. 그 개미똥구멍을 한 치라도 엇나가지 않게 정신 바짝 차리고 페달을 밟아 결국 생존해서 이 글을 쓰고 있다.

　신체와 정신은 연결되어 있다. 몸 어디가 아프면 실은 그 원인이 정신에 있을 수 있으며, 반대로 공황장애처럼 정신이 이상해지면 신체를 단련하라는 신호일 수 있다.

　장시간 자전거를 타면 허벅지가 단련될 것 같지만 그보다는 안장 주위에서 끊임없이 진자운동을 하는 항문이 가장 스트레스를 받는다. 이 정보는 출발 전 국토 종주를 했던 수많은 자전거 선배님들의 글을 통해 알고 있었다. 미리 푹신한 자전거 안장을 구입해 교체했고, 엉덩이에 쿠션이 들어 있는 자전거 전용 바지를 주문해서 장착했다.

　하지만 모두 소용없었다. 이튿날부터 항문이 타 들어가는 것 같았다. 허벅지는 없애 버리고 싶었다. 사흘째부터는 감각이 없었다. 생각도 없었다. 자전거로 달리는 동안에는 우리 모두 단 한 번의 공황 증상도 없었다.

자전거 여행을 통해 깨달은 것이 있다. 오르막이 있으면 반드시 내리막도 있다는 것!이라는 진부한 말이나 하려는 건 아니다. 예상 외로 가장 힘들었던 것은 미친 듯이 경사진 오르막이 아니었다. 물론 이화령 고개를 오를 때는 몇 번이고 자전거를 산 밑으로 던져 버리고 싶었지만, 그보다는 뙤약볕의 평지, 원근법의 소실점이 보이는 평지를 달리는 것이 더 힘들었다.

오르막은 힘들 것을 잔뜩 예상하고 받아들인다. 끝없는 오르막은 없다. 반면 평지는 언제 끝날지 모르는 노동을 지속해야 한다. 이는 심리적인 부분이 큰 작용을 한다.

우리에게 찾아오는 고통도 이와 비슷하다. 끝을 알 수 없다는 것이 고통의 본질이다.

우리는 새벽 두 시에 취객이 난동을 피우는 찜질방에서 선잠을 겨우 자거나, 숙소라고는 모텔 하나가 전부였던 도시에서는 한 침대에서 자다 우연히 서로의 엉덩이가 맞닿았을 때 소스라치게 놀라 잠에서 깨곤 했다.

부산에 도착한 마지막 날만큼은 아주 비싼 뷔페에 가서 저녁을 먹었다. 이제 완벽히 극복한 것인가!라고 자만하며 숙소 테라스에서 승리의 바람을 즐기고 있을 때 공황 증상은 찾아왔다. 아 젠장. 헛웃음이 나왔다.

그래도 이 여행으로 친구와 즐거운 추억을 쌓았고, 또 목표를 삼아 이뤘다는 점에서 큰 자신감을 얻었다.

아무튼 그 이후에 어떻게 되었냐고? 우텍은 모든 것을 정리하고 제주도에 내려가 치킨집 사장으로서의 새 삶을 시작했고, 나는 외계인이 출연하는 〈덩어리〉라는 공황 장애 영화를 한 편 만들어 이런저런 영화제를 기웃거리게 되었다.

의도적이든 우연이든 삶이 휘청거릴 만한 사건이 찾아오면 그 이전과 똑같은 삶을 살 수는 없다. 뭐라도 바꿔야 한다. 시도해야 한다. 아니면 자전거 여행을 떠나 항문이라도 조져 봐야 한다.

14 ⋯ 영화 〈덩어리〉를 만들며 ⋮

증상이 점차 호전되었을 무렵 공황장애에 관한 영화를 만들어 보기로 결심했다. 공황장애는 괴롭지만 그 현상 자체는 너무나 흥미로운 소재임이 분명했다. 있다고 믿기 때문에 존재하는 것인가? 아니면 존재하기 때문에 믿는 것인가? 따위의, 존재와 믿음에 관한 질문을 할 수 있을 것 같았다. 영상 작업을 해 본 적은 있지만 뭐 제대로 아는 것은 하나도 없었다.

서울영상미디어센터에서 '다큐멘터리 만들기' 비슷한 제목의 4개월 교육과정에 등록했다. 좋은 선생님과 동료를 만나 즐거운 시간이었다. 나는 그곳에서 자칭 '국내 최초 SF 질병 다큐멘터리'라고 요란하게 소개하고 다니는 〈덩어리〉

라는 영화를 완성했다.

〈덩어리〉는 내가 알지도 못했던 여러 영화제에 초청되며 이후 '감독님'이라는 어마어마하고 오글거리는 호칭조차 점차 자연스럽게 받아들이게끔 해 준 영화다. 이 작업을 기점으로 내 활동 영역은 그림에서 영상으로, 갤러리에서 극장으로 옮겨 갔다. 그러나 무엇보다 자기 치유로서의 의미가 가장 컸다. 나는 이 영화를 만들면서 내 안의 공황장애를 확인사살하려고 했다.

영화는 뜬금없이 UFO에 관한 논쟁으로 시작한다. UFO가 있느니 없느니 하는 비전문가들의 '카더라 통신' 수준이다. 한쪽에서는 과학으로 증명될 때까지는 인정할 수 없다는 입장이고, 이를 반박하는 쪽에서는 사랑도 과학으로 증명할 수 없지만 존재하듯 UFO도 과학 밖의 미지의 세계에 분명 존재한다고 팽팽하게 맞선다. 초등학생 때 직접 자기 눈으로 보았기 때문에 믿을 수밖에 없다는 남성도 등장한다. 여기까지 러닝타임의 절반이 소요된다.

후반부에는 나와 우덱이 등장해 공황장애를 겪으면서

일어났던 일들, 그리고 이 병에 관한 생각들을 풀어 놓으며 영화는 끝난다.

영화를 본 관객들의 반응은 너무 제각각이라 재미있다. 내가 설계한 경로로 그대로 따라오는 관객도 많았지만 "도대체 UFO랑 공황장애가 무슨 관계입니까?"라고 어리둥절한 표정을 짓는 사람도 있었고, "저 이 영화에 완전 공감했어요. UFO는 있는 게 확실하거든요" 하며 내 연출 의도와는 전혀 다른 엉뚱한 방향으로 감동을 받는 관객도 종종 있었다. 곰곰이 생각해 보니 이 엇갈린 반응들조차 공황장애라는 질병이 품고 있는 아리송한 성격과 비슷한 것 같다.

UFO에 관해 누군가에게 질문할 때 보통 "당신은 UFO를 믿습니까?"라고 한다. 나는 이 질문 자체에 주목한다. UFO에 관한 숱한 증거가 세간을 떠돌고 있지만 여전히 '믿느냐'고 물어 보는 그 질문의 방식 말이다. 지금 UFO를 당장 보여 줄 수 있는 사람은 아무도 없기에 UFO에 관한 논쟁은 언제나 믿음의 영역 안에서 진행된다. 내가 죽으면 세상도 끝이듯이 내 감각기관으로 직접 느낀 세상 모든 것들은 맹신의 대상이 된다. 길을 걸어가는데 하늘에 갑자기 뭔가가 번쩍 하고 사라졌다면 그것을 믿게 된다. 지극히 자연스러운 현상이다. 수시로 나타났다가 사라지는 것, 있다고 확신하지만 언제나 있지는 않은 것, 그러니까 있는 것과 없는 것의 경계에 놓인 것이 UFO다.

나는 이 메커니즘이 공황장애라는 질병과 완벽하게 일치한다고 생각했다. 나는 공황장애를 이렇게 정의한다. 직접 감각할 수 있는 형태로 몸에 가해지는 허상의 병. (사랑도 이렇게 정의할 수 있겠다.) 분명 이 문장은 모순이다. 하지만 진짜 그렇다.

영화 중간 중간 외계인이 등장한다. 동네 친구 한 명을 술을 사 준다며 꼬드겼다. 그를 야산으로 데려간 후에 준비해 놓은 각종 LED 액세서리를 몸에 칭칭 감고 카메라 앞에서 우스꽝스러운 춤을 추게 했다. 외계인은 공황장애를 상징했다.

나는 영화를 만들면서 내 안에 침투한 공황장애에게 이렇게 말하고 있었다. 나는 너를 주제로 영화까지 만들 수 있어. 심지어 이렇게 우스꽝스러운 분장을 시키고 웃음거리로 만들 수도 있어. 넌 두려운 상대가 아니야. 나는 널 이렇게 즐겁게 가지고 놀 수 있는 사람이야. 까불지 마. 그리고 난 너를 편집 프로그램 안으로 데려와 이리저리 잘라 내고 재구성까지 할 거야. 너는 내 손바닥 안에서만 존재해, 라고.

봉인에 성공한 것일까? 나는 영화가 완성된 시점부터 3년이 지난 지금까지 대체로 별 일 없이 살고 있다.

영화를 만들 때 두 번의 위기가 있었다. 한 번은 애인에게 이별 통보를 받은 것. 나는 실연자의 비통한 심정과 떠나간 사랑을 그리워하는 것보다는 한동안 물러났던 공황 장애가 극심한 형태로 재발하지는 않을지 더욱 걱정했다. 그러나 다행히 그런 상황은 오지 않았다. 아니, 왔을지도 모른다. 예상치 못한 이별 통보를 받고 공황 상태에 빠지지 않는 사람은 없다. 이럴 경우 몸과 마음의 상황이 일치하는 지극히 자연스러운 현상이기 때문에 '장애'의 영역에 속하지 않는다. 딱 누구나 그 상황에서 느꼈을 그 정도였다.

두 번째 위기가 흥미롭다. 한창 UFO의 불빛을 어떻게 영화적으로 재현할까에 관한 생각만 머릿속에 가득 차 있을 때였다. 추운 겨울날 나는 야밤에 인적 없는 도로를 홀로 걷고 있었다. 문득 하늘을 올려다보며 한동안 걸었다. 갑자기 이상한 느낌이 들었다. '마음만 먹으면' 저 하늘 어딘가에서 UFO를 볼 수도 있겠다는 뜬금없는 생각과 기운이 나를 순간적으로 지배했다.

나는 곧바로 고개를 숙였다. 그리고 무서워서 하늘을 쳐다보지 못하고 걷기만 했다. 하늘에는 뭔가가 있을 것이 분명했고, 나는 고개를 들어 그것을 확인만 하면 되는 것이었다. 나는 UFO를 볼 준비가 되어 있었다. 하지만 그러지 않았다.

그때 하늘을 올려다봤으면 어땠을까. 그놈과 눈이 마주쳤을까.

\

영화가 궁금한 분들은 유튜브에 '단편영화 덩어리'라고 검색하면 감상할 수 있다.

영화에 등장하는 남성들은 내 동네 친구들이다. UFO의 존재를 주장하는 이상한 옷차림의 여성은 내 친누나다(관객과의 대화에서 가장 많은 질문이 나왔었다. 도대체 저 여자는 누구냐고).

인디다큐페스티발이라는 영화제에서 〈덩어리〉의 첫 상영을 하고 뒤이은 술자리에서 다른 감독에게 들은 이야기다. 영화를 보고 있다가 숨이 막혀서 상영관을 뛰쳐나갔다는 것이다. 그래서 의자에 누워 호흡을 고르고 있는데 바로 옆에 또 다른 감독이 같은 이유로 숨을 헐떡이고 있었다는 것. 아니 나는 치유하자고 만든 영화인데 이러시면 곤란합니다,라며 왁자지껄 웃으며 떠들었던 즐거운 기억이 있다.

15 ⋯ 상대적이며 절대적인 고통 ⁝

가끔 TV를 보면 공황장애 관련 뉴스가 나온다. 그러면 꼭 스트레스를 줄이고 정기적으로 운동을 해야 합니다, 라는 빤한 말을 무슨 일급비밀이라도 되는 양 근엄하게 말하는 '전문가'들이 등장한다. 나는 그 전문가의 세 발짝 떨어진 조언보다는 진짜로 이 병을 겪고 있는 나와 같은 환자들이 어떤 심정으로 살고 있는지가 궁금했다.

그래서 공황장애를 겪는 사람들이 모인 인터넷 카페를 발병 초기부터 방문했었다. 어느 시간대에 접속해도 나 죽을 것 같아요, 도와주세요, 약을 먹어도 소용없네요,라는 절규가 들려 왔다. 밥 먹듯이 야외에서 실신을 하고 광장공포증에 걸려 외출 자체가 불가한 사례도 드물지 않았다. 나

와는 비교도 할 수 없이 심한 증상을 겪는 이들을 지켜보며 상대적인 위안을 찾으려 했다. 직장인은 물론 입시생부터 임산부까지 다양한 사람들이 있었고, 이내 나는 깨달았다.

　나는 애초부터 이 병을 쉽게 극복할 수 있는 환경에 있었구나. 내가 겪은 공황장애는 어디 가서 말도 꺼내면 안 될 정도로 경미한 것이었구나.

　출발선이 달랐다. 일단 나는 직업에서부터 유리했다. 매일 어디론가 출근해 일하지 않으면 안 되는 사람들에 비해 예술가라는 직업은 작정하고 쉬어도 당장의 타격이 없다. 또 공황장애를 앓고 있다고 고백하면 곧바로 각종 범죄에 연루된 정신질환 가해자를 떠올리며 어딘가 심각하게 문제 있는 사람 취급을 당하기 십상이어서 속으로만 끙끙 앓고 있는 일반인들에 비하면 예술가라는 직업을 얼마나 좋은가. 어떤 예술가가 공황장애를 앓고 있다고 토로했을 때 돌아오는 반응은 no surprise다. 원래 예술가는 어딘가 굉장히 특별하고 예민한 존재라서 정신질환 하나쯤은 다 가지고 있는 거 아님? 하고 너그럽게 생각해 준다.

　평소에는 그토록 깨부수려고 노력했던 구태의연한 '예

술가'의 고정된 이미지 뒤에 이럴 때는 슬쩍 숨는다. 또 당
장 일하지 않으면 다음 달 생계를 걱정해야 하는 사람들과
비교하면 나는 평소 생존게임에 적극적으로 참여하고 있
지 않았다. 그래서 공황장애가 찾아왔을 때 나는 본가로 들
어가 엄마가 해 주는 음식을 먹으면서 마음 편히 한동안 푹
쉴 수 있었다.

　　같은 강도로 찾아온 공황장애라면, 나와 같은 환경에
처해 있는 사람이면 누구라도 빠른 시간 안에 극복할 수 있
었을 것이다. 반대로 내가 직장인이었다면 엄청난 지옥을
체험했을 것이다. 하물며 고 3 수험생과 임산부들의 호소
는 나를 더욱 숙연하게 만든다. 나는 이 병에 대해 어디 가
서 말 하면 안 될 것만 같다. '진정한' 고통을 받는 그들을
생각하면, 난 발언권이 없는 것 같다. 정말 그런가?

　　아니다. 고통에는 위계가 없다. 정작 증상이 찾아올
때면 그 누구를 떠올려도 완화에 도움이 되지 않는다. 직장
인을 떠올려도 임산부를 떠올려도 약이 없으면 내일을 못
사는 광장공포증에 걸린 중증 환자를 떠올려도 마찬가지

고, 전쟁 폭격으로 매일같이 목숨이 위태로운 시리아 난민
과 엄청난 해일로 복구할 수 없을 정도로 삶을 송두리째 빼
앗긴 인도네시아 주민들을 떠올려 봐도 그것이 지금 당장
내게 찾아온 고통을 줄여 주지는 못한다.

　내 고통은 언제나 내게 절대적이다. 단 1초라도 고통
을 경험한다면 그것은 엄연한 고통이다. 다른 말로 정의할
수 없다. 그러나 세상은 불공평하다. 고통은 절대적이지만
그 고통을 극복하는 조건이 모두 같지 않기 때문이다. 어쩐
지 나는 누군가에게 자꾸 미안한 마음이 든다. 그럼 또 나
는 이렇게 생각한다. 내가 무슨 자격이나 된다고 공황장애
에 대해 이러쿵저러쿵.

16 ⋯ 제1회 공황장애 페스티벌 ↕

안녕하세요. 시민 여러분, 지금 저는 제1회 공황장애 페스티벌 현장에 나와 있습니다. 전공련(전국 공황장애 연합)이 주최한 이 행사에는 발을 디딜 틈이 없을 정도로 많은 인파가 몰렸습니다. 시청 광장이 순식간에 가득 찼습니다. 할아버지 할머니 어머니 아버지 임산부 고등학생, 아, 심지어 초등학생까지 행사 팔찌를 차고 있네요. 공황장애를 겪는 이들이 전국에 최소 50만 명이 있을 것이라고 추산하는데, 아마 그들이 모두 이곳에 모이지 않았을까 생각해 봅니다.

자리를 이동해 일렬로 세워진 부스를 구경해 보겠습니다. 이곳에서는 각종 공황장애 관련 굿즈를 팔고 있는데,

저쪽에 특히 붐비는 곳이 있네요. 인왕산 무속인들이 직접 제작한 부적 굿즈를 파는 부스인데요, 종류별로 상품이 다양합니다. 귀신의 장난을 쫓아낸다는 '제요사마부', 과호흡으로 고생하는 사람들을 위한 '호흡만사형통부', 대중교통을 두려워하는 사람들을 위한 '수륙원행안전부' 등 원하는 부적을 직접 그려 주고 있습니다.

앞쪽 전광판에는 숫자가 표기되어 있는데, 저게 뭘까요? 아, 아마도 현재 광장에서 공황 발작으로 기절한 사람들을 카운트하고 있는 것 같습니다. 그럼 방금 기절했다가 깨어나신 분을 인터뷰해 보겠습니다.

공황장애 페스티벌에서 기절하신 소감이 어떤가요? 기절하지 않았으면 좋았겠지만, 뭐랄까요, 굉장히 색다른 기분입니다. 보통 일상생활에서는 발작으로 인한 기절이 굉장히 두렵고 무서운 것이었는데, 이 페스티벌에서는 누구도 놀라거나 당황하지 않고 자연스럽게 대해 주는 분위기가 너무 편해요. 여기서는 발작이 이상한 일이 아닌 거잖아요? 회복도 상당히 빠르고요. 그리고 옆에서 막 같이 쓰러져 주니까 심정적으로도 위안이 되고요. 모르는 사람들이지만 눈만 마주쳐도 웃겨요.

　　가장 시끄러운 쪽으로 가 보겠습니다. 웅변대회가 열
리고 있는 현장이네요. 참가자가 한 마디 한 마디 할 때마
다 사람들의 환호가 이어지고 있습니다. 웅변대회의 주제
는 '누가 누가 더 세나'군요. 다들 자신의 공황장애 증상을
뽐내고 자랑하기에 여념이 없습니다.

　　"저의 공황이는 미용실에서 목에 천을 두르기만 해도
짠 하고 나타나서 혼비백산하게 만듭니다!"
　　"아, 그건 아무것도 아니에요. 꿈에서도 나타나 제 영
혼을 털어 가는 공황이의 활약상을 여러분께 꼭 소개시켜
드리고 싶어요!"
　　"다들 보이시나요? 제 공황이는 광장공포증이 전문 분
야라 지금 제 머리 위에서 신나게 춤을 추고 있습니다. 30
초 후에 저를 기절시킬 예정이라고 합…."

　　한층 분위기가 더 뜨겁게 아, 잠시만요 말씀드린 순간
쓰러진 참가자에게 우레와 같은 함성이 쏟아지고 있습니

다. 1등을 한 참가자에게는 인천공항과 김포공항의 후원으로 동남아 여행 왕복 티켓이 주어질 예정이라고 합니다.

　　페스티벌의 하이라이트! 가두행진이 시작되고 있습니다. 미술가들이 합심해서 만든 거대한 이동식 설치물들이 행렬의 맨 앞쪽을 장식하고 있는데, 자… 장관입니다. 로봇처럼 생긴 구조물의 위쪽에서는 불이 뿜어 나오고, 바닥 쪽으로는 보라색 연기가 많은 인파를 휘감고 있습니다. 보도자료에 따르면 불은 죽음의 공포를, 연기는 무기력과 비현실감을 상징한다고 합니다. 뒤로 행렬을 잇는 참가자들이 흥겨운 춤을 추고 있는데, 어디선가 욕지거리가 들려옵니다. 같은 장소에 집회신고를 냈던 전공포(전국 공황장애 포비아 연합)가 반대편에서 북을 치며 구호를 외치고 있네요. '배부른 놈들만 걸리는 꾀병' '정신병자들이 셋 이상 모이면 일반 시민들이 위험해져요' '나약한 새끼들' 따위의 피켓이 눈에 띕니다. 이들을 발견한 참가자들이 전공포 회원들 앞에서 눈을 뒤집어 까고 집단으로 쓰러지는 플래시 몹 퍼포먼스를 펼치고 있군요. 다들 당황한 기색이 역력합니다. 만약을 대비해 동행하고 있는 119 구급대원들은 진짜로 쓰러진 환자들을 발견하는 데 애를 먹고 있습니다.

　일부 열성적인 회원들은 정치적인 행보도 보이고 있는데요, 청와대 앞에 모여 '공황장애 환자를 위한 특별법을 제정하라'고 외치며 발언을 이어 가고 있습니다. 이들은 촛불 대신 다른 것을 들고 있습니다. 과호흡 증상에 응급처치로 사용되는 색색의 비닐봉투가 시위의 상징입니다. 남녀노소를 불문하고 많은 사람들이 걸리는 '국민 질병'이 된 만큼 이제는 국가 지원이 절실하다는 청원 내용에 벌써 30만 명이 서명을 했다더군요. 차기 국가 정책의 주요한 이슈가 될 수 있을지 유권자들의 귀추가 주목됩니다.

　주최 측은 세종대로 사거리에서 마지막 행사를 준비하고 있습니다. 이제는 공황장애 환자들의 바이블이 된 오재형 감독의 단편영화 〈덩어리〉 공개 상영을 끝으로 제1회 공황장애 페스티벌은 내년을 기약할 예정입니다. 자, 오늘의 소식은 여기까지입니다. 저희 공항TV, 구독과 좋아요 꼭 부탁드려요!

이런 상상을 해 보았다. 혼자만 끙끙 앓고 있는 사람들이 다 광장에 모인다면 어떨까? 한바탕 축제를 벌이면 어떨까? 하루쯤은 우리의 고통을 스스로 놀이의 대상으로 삼아 낄낄거리며 놀면 어떨까?

17 ⋯ 변기에서 온 그녀 ⋮

C는 시커먼 그림을 그리는 작가다. 오고가는 자리에서 잠시 인사한 것이 전부였다. 최근 C의 전시를 보러 갔다. 알 수 없는 흑백의 원형들이 여기저기서 출몰하는 그림이었다. 도대체 이게 뭘까? C의 작업노트를 확인하고 나서야 모든 그림이 이해되었으며, 나는 속으로 외쳤다. 함께 가자 우리 이 길을, 투쟁 속의 동지가 되어!

C에게 연락해 만나자고 했다. 너의 스토리가 궁금해.

나: 잘 지냈나? 그런데 웬 캐리어를 끌고 다니나? 여행? 가출?

C: 허리가 좋지 않아서 시끄러운 바퀴를 굴리며 도시를 활보하고 있다.

나: 종합병원인가. 허리에 공황장애에….
C: 인생 참 어렵다.

나: 공황장애 몇 년차인가?
C: 3년차다.

나: 내가 1년 선배다. 아무튼 비슷한 시기에 겪은 것 같다. 첫 경험을 말해 달라.
C: 당시 고 3이었다. 학교에 갔는데 갑자기 식은땀이 나고 어지러웠다. 손발이 차가워지고 피가 밑으로 빠지는 느낌과 함께 호흡도 어려웠다. 본능적으로 화장실로 갔다. 상태가 계속 안 좋아졌다. 당황해서 막 눈물이 났다. 결국에는….

나: 기절해서 구급차에 실려 갔겠지 뭐.
C: 맞다. 누구나 구급차에 실려 가는 것으로 시작되는

스토리긴 하다.

나: 구급차 하니까 갑자기 생각난다. 나는 첫 경험이
   고속도로였는데 운전하다가 갑자기 왔다. 차를 옆
   에 정차하고 119를 불러 구급차로 들어가려는데,
   그 안에 벌써 어떤 여성분이 누워 계시더라. 그런
   데 그 분도 나와 똑같은 과호흡 증상이었다.

C: 헛. 그럼 그 분도 공황장애였을 가능성이 높겠다.
   그날 구급차는 고속도로에서 공황장애 환자들 일
   타쌍피로 실어 날랐던 것인가.

나: 그만큼 요즘 흔한 질병인 것 같다. 구급차에 탔을
   때 무슨 생각이 들었나?

C: 구급차에서는 그냥 정신없이 누워 있었다. 그보다
   는 학교 화장실에서의 기억이 생생하다. 헛구역질
   이 나와서 취객처럼 속절없이 변기에 머리를 박고
   있었는데 갑자기 변기에서….

나: 귀신 나왔겠지 뭐.

C: 땡. 말 끊지 마라. 시야가 흐려지고 뭔지 모를 환청도 들렸다. 사람 말소리는 아니었고 그냥 어떤 사운드였는데 무언의 메시지를 나에게 전달하는 것 같았다.

나: 빨간 휴지 줄까, 파란 휴지 줄까?

C: …하던 말 하겠다. 흐릿한 시야로 변기 물을 보는데 변기에서 누군가 날 부르는 느낌이 들었다. 그때 갑자기 이런 생각이 들었다. 이 변기 물은 대체 어디에서 왔으며 또 어디로 가는 것일까? 내가 있어야 할 곳은 여기가 아니지 않나? 나는 원래 다른 세계, 어딘가 다른 차원에 사는 존재인데 여기 잘못 온 것이 아닌가? 그때부터 현세를 의심하기 시작했던 것 같다.

나: 플라톤이 동굴을 보며 느꼈던 것을 변기를 보며 깨달은 것인가?

C: 그때부터 여러 가지 공황 증상을 견뎌 내면서 내가 살고 있는 이 세상을 나는 '이곳'이라 불렀다. 그리

고 내가 가야 할 곳을 '저곳'이라는 명칭으로 생각
했다. 그래서 일부러 잠을 청하기도 했다. 이 현실
이 꿈이라면 빨리 잠에서 깨고 싶어서. 혹시 아나,
'저곳'에서 깨어나면 옆에 플라톤 할아버지도 누워
계실지.

나: 이 글을 보는 독자들은 이렇게 생각할 것 같다. 역
시 '예술가'는 공황장애도 막 4차원적으로 느끼고
경험하는 이상한 존재들이구나,라고. 나도 '예술
가'지만 당신처럼 차원을 넘나드는 희한한 생각을
해 본 적은 한 번도 없다. 나는 지극히 평범한 공황
장애 환자다.
C: 당신, 북한산에 올라가 막걸리 따라 놓고 산신령에
게 절했다고 하지 않았나?

나: 다른 이야기를 하자. 첫 경험 이후 가장 괴로웠던
공황 증상은 뭐였나?
C: 심장이 자꾸 두근거렸고 죽을지도 모른다는 생각
이 들 때도 고통스러웠지만, 무엇보다 과호흡 증상

이 괴로웠다. 발작과 기절로 이어지니까. 그 후로
도 구급차를 두 번인가 더 탔다. 이젠 과호흡 증상
이 나타나면 비닐봉투로 입을 막고 대응을 하는 수
준에 이르렀다.

나: 아, 비닐봉투. 나는 이론으로만 듣고 실전에서 써
본 적은 없다. 과호흡 증상이 나타났을 때 비닐봉
투로 입을 막으면 실제로 증상이 완화되나?

C: 확실히 완화된다. 그런데 비닐봉투 덕분에 완화되
는 건지는 잘 모르겠다. 그보다는 '멋지게 대응을
하는 나' 자신의 모습에 스스로 심취하게 된다. 그
래서 나아지는 것 같기도 하다. '더는 가만히 당하
고만 있지는 않는 멋진 나' 후훗.

나: 아, 그런가? 만약 우리 둘이 있을 때 누군가 갑자
기 비닐봉투로 입을 막는다면 서로 옆에서 물개박
수를 쳐 주자. 멋진 너! 대응 잘하는 멋진 너!라고
외치면서.

C: 좋다, 좋다. 고통에 대응하는 사람은 멋쟁이다.

나: 한참 고생할 때 주변 친구들 반응은 어땠나?

C: 실기실에서 그림 그리고 있을 때 갑자기 증상이 찾아온 적이 있다. 옆 친구에게 토로하자 별로 신경도 쓰지 않고 방탄소년단 신곡이 나왔는데 들어 볼 거냐면서 딴소리를 했다. 그때 굉장히 서운했다. 반면에 너무 호들갑 떨면서 과하게 걱정해 주는 것도 좀 곤란하다. 그러면 더 아파야 할 것 같은 마음에 더 안 좋아지기도 하고.

나: 공황장애 환자의 곁이 되는 것도 참 힘든 일인 것 같다. 무심해도 안 되고 너무 걱정해도 안 되고. 원래 계란도 반숙 만들기가 쉽지 않은 법이다.

C: 맞다. 원래 간병하는 게 가장 어렵다더라. 반숙 비유는 그다지 와 닿지 않네.

나: 최초에 공황장애에 걸린 이유가 있다면 뭐가 원인이었다고 생각하나? 고 3 스트레스 때문인가?

C: 글쎄, 두 가지 정도로 압축해 볼 수 있겠다. 하나는 내가 집안에서 맏이라 부모님과 많은 불화가 있었

다. 뭐든 완벽하게 해내야 한다는 압박감이 어릴 때부터 있었다. 조금이라도 약한 모습을 보이면 야단을 맞았다. 그 스트레스가 있었다. 또 공황을 처음 겪은 이후에는 이 병 때문에 미술 연습을 잘 못했다. 다른 친구들에 비해 실력이 저하되는 걸 걱정해서 더 악화되었던 것 같다. 당신은 어떤 스트레스 때문이었나?

나: 나의 케이스가 '스트레스가 공황장애를 유발한다'라는 모든 주장의 반증이다. 당시 나는 딱히 괴로울 정도의 스트레스가 하나도 없었고 모든 면에서 별 문제 없이 잘 살고 있었다. 이유는 모르겠다. 굳이 생각해 보자면, 내가 갓난아이 때 우량아였던 누나가 자주 내 위에 올라타서 날 괴롭혔다던데 그 숨 막히던 고문이 무의식에 잠재되어 있다가 발현된 것이 아닐까 추정해 보기도 한다. 사실 모르겠다. 복불복이 아닌가 싶다. 이제 정신과 방문 이야기를 해 보도록 하자. 어땠나?

C: 총체적으로 별로였다. 상담 전에 설문조사한 종이

를 보고 의사가 "어디 보자… 뭐 이중인격은 아닌 것 같고, 중도우울증 아니면 공황장애네"라고 사무적으로 말하며 재빨리 약 처방으로 끝내려는 것부터 마음에 안 들었다. 나는 울고 있는데 같이 간 엄마랑 골프 이야기나 하고 있고. 이후로 가지 않았다. 거기서 처방해 준 약도 먹으면 정신이 너무 몽롱해져서 더는 먹지 않았다.

나: 이백 프로 공감한다. 친절한 정신과 의사들도 많겠지만 우리가 처음 방문한 의사들은 왜 하나같이 환자에겐 무관심한 약 자판기의 모습을 하고 있었던 걸까? 나도 기분 더러워서 정신과는 안 가고 오히려 친절한 동네 한의원에서 많은 위로를 받았다. 거기서 약도 짓고.

C: 나도 허리 때문에 갔던 병원 의사에게 더 심적인 위안을 받았다. 내 상태에 대해서 정말 잘 들어주더라. 나는 의사에게 질문하는 것을 좋아한다. 전문가의 정성스런 답변이 심적 안정을 준다.

나: 공황장애가 그림 작업으로 이어졌는데, 치료의 일
환으로 그린 것인가?

C: 딱히 그런 것은 아니었다. 미대에 진학하고 내 작
업을 해야 하는데 뭘 그려야 할지 몰랐다. 그래서
나의 내면으로부터 출발하자고 생각했다. 최초에
변기에서 느꼈던 그 강렬한 느낌을 그림으로 옮기
기 시작했다. 변기의 구멍은 어딘가로 진입하는 통
로라고 여겼다. 처음에는 변기를 그렸다. 그 후에
는 눈, 코, 성기, 블랙홀 등 세상의 모든 구멍이나
틈에 집착해서 시커멓게 그리게 되었다.

나: 아까 말했던 다른 차원으로 가는 변기 구멍으로부
터 작업이 시작된 것인가? 뒤샹의 변기 이후 미술
계에 길이 남을 변기 작업으로 훗날 기록될 가능
성이 있다고 본다.

C: 그런데 변기에서의 경험, 모두 내가 지어 낸 말일
수도 있겠다는 생각을 한다.

나: 응? 기억의 조작이란 말인가?

C : 다른 차원으로 오라는 메시지를 느꼈다느니 뭐니
   이런 것들이 첫 번째 발작 이후 내가 사후에 점차
   만들어 낸 스토리일 수도 있다고 의심하고 있다.
   어쨌든 실제로 일어난 일인지 아닌지 지금은 중요
   하지 않다. 작업은 그것으로부터 출발했다.

나 : 결과적으로 그림 작업이 증상 완화에 도움이 되었
   나?
C : 도움이 되었다. 주변에서 그림 좋다고 칭찬해 줘서
   작업에 자부심이 생겼다. 나는 내 고통을 심지어
   작업의 재료로 사용하고 있어!라고 스스로 생각하
   니 뿌듯하기도 했다. 작업으로 표현함으로써 내 고
   통을 스스로 컨트롤하고 있다는 생각이 들었다. 그
   래서 대학에 와서 증상이 완화된 것 같다.

나 : 기억의 조작이든 아니든 고통에 대한 본인만의 스
   토리텔링을 만드는 것은 굉장히 중요하다. 그렇지
   않으면 형체 없는 공포가 내면에서 더 확장되니
   까. 컨트롤하고 있다는 느낌을 갖는 것이 공황장

애 탈출에서 관건이다. 그러려면 역시 표현을 해야 한다.

C: 맞다. 어느 순간 이 병이 우습게 느껴지더라.

나: 극심한 상황은 벗어났지만 아직도 잔존하는 공황장애 증상이 있나? 나 같은 경우는 운전할 때, 극장같이 밀폐된 공간에 있을 때, 커피를 마셨을 때, 피아노를 오래 쳤을 때, 어지럽고 시야가 흐려지는 증상이 여진처럼 남아 있다.

C: 나는 소화가 안 될 때, 빈속에 바나나와 비타민C를 먹었을 때, 대변을 해결 못했을 때, 그리고 나도 커피 마셨을 때, 어지럽거나 이인감離人感(자신의 심리 과정이나 신체로부터 떨어져 있는 듯한 느낌)이 드는 등 증상이 온다.

나: 공황장애를 겪은 후 깨닫거나 달라진 점이 있나?

C: 공황장애보다는 최근 허리가 너무 아파서 신경외과에 자주 가고 있다. 대기실에 앉아 있는데 글씨를 읽지 않는 노인들이 대기표를 뽑지 않고 하염없

이 기다리고 있더라. 또 한참을 기다려서 본인 차례가 되었는데 화장실을 가야 한다는 아이 때문에 어쩔 수 없이 다시 대기표를 뽑아야 했던 아이 엄마도 봤다. 지금까지 내 고통만 생각했다면 이제는 고통을 겪더라도 각자가 처한 환경이 모두 다르다는 사실을 새삼 깨달았다. 그 생각을 하고 있는 중이다. 불평등에 관하여. 그래서 거리에서 시위하는 장애인도 유심히 관찰하게 되고.

나: 이제 막차 시간이 다가왔다. 헤어지기 전에 하나만. 나중에 혹시 변기 구멍으로 통하는 4차원 웜홀을 발견해서 '그곳'으로 차원 이동을 한다면, 그곳 사람들에게 무슨 말을 하고 싶은가?

C: 내가 말하고 싶은 건 하나다. 이곳이든 저곳이든 건강이 최고라는 것! 잘 가라. 건강하게 다음에 또 보자.

뭐에 관심 있으면 뭐만 보게 된다. 온종일 피아노만 쳤던 스무 살 시절에는 길을 걸으면 피아노 학원밖에 눈에 띄지 않았다. 공황장애로 한참 고생하던 때에는 세상 모든 현상이 공황장애의 메타포로 읽혔다.

세간을 떠들썩하게 만들었던 영화 〈곡성〉을 뒤늦게 봤다. 이 영화는 객관을 보려 하지 않고 어디서부터 시작되었는지 모를 의심과 의심의 악순환이 돌고 돌아 현실의 비극으로 찾아오는 내용이다. 다들 비극이 외부 요인에서 온 것이라 착각하지만 괴물을 만들어 내고 파멸로 몰아가는 주체는 결국 자기 자신이라는 내용이기도 하다. 영화에 관한 이런저런 해석이 난무하지만 나는 이렇게 리뷰할 수밖에 없다. 〈곡성〉은 완벽하게 공황장애를 다룬 영화가 아닌가!

사실은 영화보다 더 영화 같은 일을 겪었다. 〈곡성〉을 보러 갔던 날이다. 충동적으로 심야 영화를 예매했는데 그날따라 빗줄기가 굵게 쏟아지고 있었다. 주차장에서 차를 몰고 건물을 빠져나와 왕복 3차선 도로에 진입했다. 액셀을 밟고 속도를 내려는 찰나 빗물을 걷어 내는 와이퍼 사이로 갑자기 사람 형체가 보이는 것이 아닌가! 뭐야, 너무 놀라서 급브레이크를 밟았다. 남자는 도로 한가운데 꼿꼿하게 비를 맞으며 서 있었다. 모자를 푹 눌러쓴 채 나를 노려보았다. 취객 같지는 않았다. 작정이라도 한 사람처럼 확고하게 서 있었기 때문이다.

놀란 마음을 가다듬고 핸들을 돌려 옆 차선으로 돌아나가려는 순간 그 남자와 눈이 마주쳤다. 쏟아지는 비 때문에 자세히 보이진 않았지만 분명 나를 향해 희미한 미소를 짓고 있었다. 오싹한 것은 그뿐이 아니었다. 남자의 얼굴 반쪽이 피로 물들어 있는 것 같았다.

허겁지겁 차를 몰았다. 뒤이어 오는 차가 그 사람을 치지는 않았을까? 걱정하며 백미러를 확인했지만 갑자기 더 쏟아지는 비 때문에 잘 보이지 않았다.

다음날 그 대로변에 있는 슈퍼에 가서 혹시 어젯밤에 이 도로에서 사고가 없었느냐고 물었지만 그런 일은 없었다고 했다.

내 기억을 의심하기 시작했다. 없는 것을 있는 것으로 착각하는 공황장애 증상의 일종인가? 아직까지 환각을 경험한 적은 한 번도 없다. 그 사람, 정말 거기 있었던 걸까?

19 ··➡ 더 나아간 상상 ⋮

최악을 상상한다. 운 좋게도 내게는 잠시만 머물다 대부분 사라진 이 질병이 극심한 수준의 강도로 지속되었다면 어땠을까? 여러 증상이 눈덩이처럼 불어나 방 안에 갇혀 지낼 수밖에 없는 상황이 도래했다면 어떻게 대처했을까? 겪었던 것보다 훨씬 강력한 놈이 월드컵처럼 4년 주기로 재발한다면… 이런 생각은 안 하는 것이 좋지만 인간이라 어쩔 수 없다.

최근 엄기호 작가의 《고통은 나눌 수 있는가》라는 책을 읽으며 고통에 함몰된 자가 자신의 곁을 파괴하는 과정을 엿볼 수 있었다. 만약 그런 상황에 처한다면 나라고 예외가 될 수는 없겠지. 나 자신과의 거리 두기가 불가능해지

겠지. 하여, 유언장처럼 미리 써 보려고 한다. 최악의 상황에 놓일지도 모를 미래의 오재형에게 편지를 쓰겠다. 이 편지가 부디 전달되지 않기를 바라며.

안녕? 미래의 오재형아. 너는 지금 도저히 회복이 불가능한 상황이야. 스위스에 가면 합법적으로 안락사를 할 수 있다고 들었어. 당장 거기로 날아가.

아 잠깐만, 아무리 그래도 이건 아니지. 다시 자세를 가다듬고 진지하게 한줌 도움이 될 만한 언어를 떠올려 본다. 깊은 절망에 빠진 나에게 어떤 말들이 공감이 될까. 다시 써 본다.

안녕? 미래의 오재형아. 다 지나갔다고 생각했을 텐데 이렇게 되어 유감이야. 예고도 없이 복불복으로 찾아오는 이 지랄 같은 손님이 원망스럽겠지. 끈질긴 노력으로 끝이 짐작되던 고통을 마주할 때와 지금은 차원이 다르다는 거 알아.

첫 번째 손님은 네게 위기였지만 기회이기도 했어. 그

걸 계기로 '여태껏 나 잘 살고 있었나?' 따위의 질문을 스스로 던지기도 했지. 또 그림도 그리고 영화도 만들고 책도 출간하는 등 작품의 재료로 적극 활용했으니까. 그런데 지금은 도무지 의미라고는 찾을 수 없는 무한대의 영역에 진입한 것처럼 느껴질 거야. 고통이 가장 고통스러운 것은 그것이 영원히 끝나지 않을 거라는 군건한 믿음이 작동할 때니까.

어떤 기사에서 봤는데, 누군가 암에 걸렸다면 50퍼센트는 평소 생활습관과 아무 관계가 없다는 거야. 운명이라고 말하기에는 가혹하고, 그냥 신이 눈 감고 던진 돌에 재수 없게 맞은 꼴이랄까. 병을 극복하고 이겨 내는 과정도 마찬가지가 아닐까 생각해. 완치라는 것은 여러 행운이 겹쳐야만 가능한 것이니까. 최소한 너의 노력으로 컵의 절반은 무조건 채워 놓아야 해. 결국에는 운이 따라 주지 않는다고 하더라도, 절망밖에 남아 있지 않는 현실이라 할지라도, 힘이 다하는 순간까지 고통에 맞서 싸우는 태도는 사람으로서 중요하다고 생각해.

생각할 겨를이 없겠지만 이것만은 꼭 유념하면 좋겠

어. 고통 받는 자가 저지를 수 있는 폭력에 대해 말하고 싶어. 네가 겪고 있는 고통만을 끊임없이 토로한다면, 주고받는 '대화'라고 할 수 있는 것이 없다면, 네 곁에 남아 있는 사람들은 매 순간 괴로울 거야. 일방적인 대화만큼 본인의 존재감을 상실하는 시간도 없을 테니까. 딱히 응답이 필요하지 않은 자기 말만 계속해서 하는 꼰대 같은 어른을 대할 때의 느낌과 비슷한 것 같아. 유령이 되는 느낌. 그렇게 환자의 곁이 감정 쓰레기통이 되어 파괴된다고 하더라고.

　　너도 괴롭겠지만 옆에 있어 주는 사람을 항상 생각해야 해. 설령 죽음을 연상케 하는 고통이 눈앞에 있다고 하더라도 절대로 잃지 말아야 할 것이 있어. 기억해라 오재형. 어떤 순간에서도 유머를 잃지 마. 5분 뒤에 구사할 농담을 끊임없이 떠올려. 유머와 농담이 없는 사람은 숨 쉬고 있어도 죽은 자와 다름없어. 자신이 없다고? 이빨에 김이라도 붙여. 때를 기다려서 타이밍 좋게 씨익.

20 ··· 출구에 서서

영화 〈트루먼쇼〉의 마지막 장면을 떠올린다. 자기가 살고 있는 세상이 거대한 세트장이라는 것을 알아채고 트라우마의 바다를 건너 결국 출구를 발견한 트루먼의 의기양양한 표정을 나도 흉내내 본다. 이제 나를 옥죄던 세상을 향해 쿨하게 인사하고 떠나는 일만 남았다. 굿 모닝, 굿 애프터눈, 굿 이브닝!

"요즘엔 괜찮으신가요?"라는 질문을 종종 받는다. 그럼 나는 대답한다. 네, 지금은 괜찮아요. 그리고 꼭 이 말을 뒤에 덧붙인다. 99퍼센트는요.

극심한 공황 상태는 최근 3년간 찾아오지 않았다. 발

병 초기와 비교해 지금은 일상생활에도 전혀 문제가 없다. 완치라고 불러도 될 정도다. 하지만 내가 도저히 극복할 수 없는 1퍼센트가 여전히 내 안에 남아 있다. 최초로 발작이 일어났던 상황처럼 앞이 뻥 뚫린 도로를 운전할 때, 밀폐된 공간에서 영화나 연극을 볼 때, 커피를 마시고 난 후 종종 위기가 찾아온다. 보통 나 혼자 넘길 수 있는 정도라 설령 대화를 나누고 있는 상대가 앞에 있다 하더라도 전혀 눈치 채지 못한다.

공황장애는 마치 내게 이렇게 말하고 있는 것 같다. 안녕? 오랜만이야. 날 잊은 건 아니겠지? 우리가 좀 멀어지긴 했어도 가끔 저 멀리서 손 흔드는 날 보았지? 너는 모른 척 했지만 분명 나와 눈을 마주쳤잖아. 난 언제라도 널 찾아갈 수 있어. 오늘은 똑똑 노크만 해 봤어. 잊지 마. 방문을 열면 항상 내가 있어.

내 상태가 아무리 호전되었다고 해도 공황장애가 뭔지도 몰랐던 예전의 나로 완벽하게 돌아갈 수는 없다는 사실을 깨달았다. 나는 트루먼처럼 이 세계를 벗어 던지지 못한 채 출구의 문턱에서 발을 기웃거리는 상태로 어정쩡하게 서 있다. 분명 출구에 서 있지만 퇴장하지는 못하는 공간, 여기가 내가 살아야 할 곳인지도 모른다.

나는 인정하기로 했다. 이 덩어리는 중간에 사라져 주면 좋겠지만 어쩌면 죽을 때까지 내가 어르고 달래며 안고 살아야 하는 것이라고. 영화 〈맨인블랙〉에서 나오는 기억 전체가 삭제되는 버튼이 현실에는 없다. 비단 공황장애뿐만이 아니다. 나를 스쳐 간 모든 기억이 내 몸에 흔적을 남긴다. 그게 좋은 것이든 나쁜 것이든.

우는 아이를 한순간에 뚝 그치게 만드는 요령 있는 부모처럼 나도 공황장애를 안고 살아야 하는 법을 계속 익혀야 할 것이다. 최근 《나의 우울증을 떠나보내며》라는 책을 읽었다. 평생을 정신질환과 싸워 온 저자는 마지막에 이렇게 고백한다. "(우울증이) 아직까지도 이를테면 암 같은 명실상부한 질병이라고 할 수 있을지는 잘 모르겠고, 또 아무리 덧없어 보일지라도 그 증상을 존중해야 한다는 것을 어렵사리 배웠다."

존중이라는 단어를 보고 적잖은 충격을 받았다. 어쩌

면 증오의 대상에서 존중의 대상으로 질병을 바라보는 것이 완치의 마지막 단계인지도 모른다.

어느덧 코트를 입고 외출해야 하는 계절이다. 나는 내부순환도로를 운전하고 있다. 기다란 커브 길을 돌아 앞이 뻥 뚫린 도로를 마주쳤을 때, 갑자기 가슴이 철렁거림을 느낀다. 바이킹 맨 끝자락에 서서 직각으로 땅을 향해 내려가는 기분이 몇 차례 반복된다. 가슴에 슬며시 한쪽 손을 얹고 스피커폰으로 전화라도 하는 것처럼 소리 내어 말해 본다. 덤벼라 이 자식아! 또 올 줄 알았다! 한번 붙어 보자! 컴온! 컴 온!

효과가 없으면 태세를 전환한다. 아이 참, 자네 왔는가? 이게 얼마만이야. 오랜만인데 온 김에 좀 놀다가 가. 그래 그래 여기 앉아. 내가 마련해 둔 방석 위에. 에이, 그 선을 넘어오지는 말고. 에헤헷? 그냥 거기 있어도 목소리 다 들리니까 너무 가깝게 오지는 말고. 응, 거기서 놀면 돼. 그래 그래, 참 잘했어요. 우쭈쭈쭈쭈. 어느새 나는 무사히 집에 도착한다.

머리끝으로 놀러온 공황이와 함께 약 두시간동안
미술관도 가고 버스도 타다가 헤어졌다. 그래. 니가
나 아니면 언제 미술관 구경 해보겠니? 15.4.23.

그림 캡션

2015. 4. 19
전철역에서
떠나보낸
공황장애.

넌, 생생한 거짓말이야
나의 공황장애 분투기

초판 1쇄 발행   2019년 6월 3일

글·그림   오재형
편집   김영미
북디자인   스튜디오 진진

펴낸곳   이상북스
펴낸이   송성호
출판등록   제313-2009-7호(2009년 1월 13일)
주소   03970 서울특별시 마포구 성미산로 5길 72-2, 2층.
전화번호   02-6082-2562
팩스   02-3144-2562
이메일   beditor@hanmail.net

ISBN 978-89-93690-64-4 (03810)

• 이 도서의 국립중앙도서관 출판예정도서목록(CIP)은 서지정보유통지원시스템
  홈페이지(http://seoji.nl.go.kr)와 국가자료공동목록시스템(http://www.nl.go.kr/kolisnet)
  에서 이용하실 수 있습니다. (CIP제어번호: CIP2019018123)